SOCOS NA PAREDE
& outras peças

ABOIO

SOCOS NA PAREDE
& outras peças

Sergio Mello

ABOIO

EDIÇÃO
Leopoldo Cavalcante

ASSISTÊNCIA EDITORIAL
Luísa Maria Machado Porto

REVISÃO
Marcela Roldão

ILUSTRAÇÃO DA CAPA
Jeanne-Elisabeth Chaudet

CAPA E PROJETO GRÁFICO
Leopoldo Cavalcante

ABOIO

Charutos **12**
Socos na Parede **32**
Panero **68**
Rio Grande **88**
David Foster Wallace **112**
Puma **132**
Olhos azuis num retrato branco e preto **162**

Charutos

Escrita em 2006, em homenagem a Astor Piazzolla

(*Sala da casa de* LÉO. GIBA *está sentado numa poltrona ou cadeira. Ele usa um terno puído, gravata frouxa e está triste, bebericando uísque de um copo e fumando um charuto com a cabeça erguida, imponente. Ouvimos Piazzolla bem alto.* LÉO *entra correndo e desliga o som, sem perceber o irmão, que se levanta prontamente, mas, acanhado, não se vira para* LÉO*. Por fim,* LÉO *tem uma crise de choro, desabando de joelhos diante do aparelho de som.*)

GIBA
   (*vai em direção a* LÉO*, para ampará-lo*) Ei, ei…

LÉO
   (*encolhe-se, assustado com a voz do irmão, mãos sobre a cabeça*) Ah, meu Deus!

(GIBA *hesita.*)

LÉO
   Não, não, eu não tô ficando louco, eu não tô ficando louco. (*Diz entre os dentes.*) Você não vai me enlouquecer, tá me ouvindo? Tá me ouvindo, pai, você não vai conseguir… (*Resmunga.*) Eu agora tenho um filho, pô, seu neto…

GIBA
   Levanta, vai, Léo…

(GIBA *tenta ajudar* LÉO*, que, ao perceber o irmão, desvencilha-se, levanta-se sozinho e se afasta, enquanto o encara, atônito, como se não o reconhecesse.*)

GIBA
   (oferecendo o copo de uísque) Toma… Dá um gole, ajuda.

(LÉO *aproxima-se, mas, em vez de pegar o copo, empurra* GIBA, *que deixa cair um pouco de uísque do copo.*)

LÉO
   Que porra é essa, hein?

GIBA
   (referindo-se ao uísque derramado) Olha só o que cê fez.

(LÉO *o empurra novamente.*)

LÉO
   Que porra de sacanagem é essa?

GIBA
   Que sacanagem? Lavar o chão da sala com um 12 anos? Cê sempre foi perdulário mesmo. (LÉO *segura* GIBA *pelo colarinho.*) Será que faz tanto tempo assim, Léo?

LÉO
   Que que cê quer aqui, Giba?

GIBA
   Aí, tá vendo? Tá me reconhecendo.

LÉO
   (empurrando GIBA *contra a parede)* Fala, porra!

GIBA

EU SÓ VIM ME DESPEDIR! *(Os dois se encaram por um tempo.* GIBA *empurra* LÉO.*)* Agora tira a mão.

(Pausa curta.)

LÉO

Cê sempre sumiu sem cerimônia. Pra que isso agora?

GIBA

Eu tô falando dele. Eu vim me despedir dele.

LÉO

Trouxe uma pá? Não, porque vai dar um puta trabalho pra desenterrar ele. Não sei se vale a pena só pra dar um *tchau*.

GIBA

Não vai precisar.

LÉO

Ah, não?

GIBA

Eu também tava lá.

LÉO

Onde? Lá no…?

GIBA
   É, no cemitério. Ou cê acha que eu costumo andar por aí vestido assim, como um vendedor de purificador de água?... *(Ajeitando o colarinho.)* Que foi que te deu, hein?

LÉO
   Eu não te vi.

GIBA
   Eu não me aproximei.

LÉO
   Por quê?

GIBA
   Cê sabe, a gente nunca foi muito próximo. Eu e ele... Fiquei atrás de um carvalho.

LÉO
   Atrás do quê?

GIBA
   Não tenho certeza, uma árvore. Mas eu acompanhei tudo. *(Pausa curta.)* Sabia que Oswald de Andrade também foi enterrado lá?... Passou uma molecada por mim e eu ouvi a professora, monitora, sei lá, falando isso pra eles... No meu tempo, a escola levava a gente pra lugares mais instrutivos, não pra ficar apreciando mausoléus. Tipo feira internacional de ciências, lembra?

(Pausa curta.)

LÉO
O pai não tinha nada que ter pagado a sua.

GIBA
Como assim?

LÉO
Pra você ir comigo. Aquela feira de ciências. Cê já tinha deixado a escola, era uma excursão só pra alunos.

GIBA
Ele tinha medo de que os outros garotos te sacaneassem. Tipo atirassem algum produto químico em você, um ácido no seu rosto.

LÉO
Ele disse isso? *(Pausa curta.)* Eu já sabia me defender sozinho, tá legal?

GIBA
Era o que eu falava pra ele. Mas cê sabe como o velho era. Ele dizia que só os fracos sabem se defender. Os fortes tão preocupados com outras coisas. As academias de defesa pessoal tão cheia de fracos, praticamente o congresso deles.

LÉO
Ele sempre me achou incapaz. De tudo.

GIBA
O velho tinha um puta orgulho de você, Léo.

LÉO
Eu tô falando de quando eu era garoto.

GIBA
Vai ver que era porque cê era um pouco franzino, só isso.

LÉO
Já você, né…

GIBA
Era diferente. Claro, eu era mais forte, eu aguentava… Queria ver se ele tivesse resolvido enxergar a marca de vacina do seu braço como um alvo de socos, como ele fazia comigo.

LÉO
Ele quase me afogou num prato de sopa.

GIBA
Léo, ele me chutou de casa, esqueceu? Parecia cena de filme: o segurança jogando pra fora da boate o bêbado que infringiu a regra e tocou na dançarina.

LÉO
É, mas você nunca voltou.

GIBA
Pra quê?

LÉO
  Ele te admirava por isso.

GIBA
  Olha só pra esse apartamento, Léo. Olha só pra você. Tá cheio de psicólogo lá fora especializado em marmanjo cujo pai faltou no jogo de futebol da escola. E muitos deles até sem as bolas *(faz sinal de saco cheio)*, que é pra caber mais... *(Em tom de acusação.)* Cara, tem uma banheira no seu quarto.

LÉO
  A Nadine também trabalha.

GIBA
  Imagino o seu carro. Com qual agora?

LÉO
  Que papo é esse, Giba?

GIBA
  Fala a marca. Que carro tem um vendedor como você? Um vendedor bem-sucedido que exibe troféus por metas alcançadas na entrada de casa.

LÉO
  Uma Pathfinder.

GIBA
  Aí.

LÉO
É, mas ainda faltam algumas prestações.

GIBA
Que você vai pagar. Moleza. Sabe por quê? Porque cê sabe como ninguém, quando vai visitar os seus clientes, a hora exata de jogar a sua pasta cheia de catálogos pra mão esquerda e deixar a direita livre pra distribuir vigorosos apertos de mão... Já eu, olha só pra mim... Eu sou só um escritor de merda com três romances publicados do meu bolso por editoras quase clandestinas... e que, segundo um jornal de Campinas – o único que se deu ao trabalho de olhar pra apenas um dos meus livros –, não passo de um "autor de jorro sonolento e inverossímil"...

(LÉO *encara* GIBA *por um tempo, com ternura, que logo se incomoda.*)

GIBA
(acanhado) Que foi?...

LÉO
Nada. É que faz tanto tempo.

GIBA
O quê?

LÉO
Nós dois, assim.

GIBA
    É, eu sei.

LÉO
    E agora cê tá aí…

GIBA
    Mais acabado, né?

LÉO
    Não, parado. Aí parado.

GIBA
    Eu não tinha nada que ter vindo, isso sim.

LÉO
    Por quê?

GIBA
    Não sem avisar. Acabei te assustando, cê quase se cagou todo.

LÉO
    Cê queria o quê? O porteiro me ligou no celular dizendo que tava interfonando e ninguém atendia.

GIBA
    Eu não ouvi nada.

LÉO

Claro. O vizinho de baixo não ia reclamar do som à toa.

GIBA

Eu só liguei. Provavelmente, tava no volume que foi ouvido pela última vez.

LÉO

Eu já perdi a conta das multas de condomínio por causa disso.

GIBA

Faz o seguinte: a de hoje é por minha conta. Cê não bebe mesmo.

LÉO

Não tô falando disso. É que era só a gente ter que sair e deixar ele sozinho e pronto... Ele não tava mais ouvindo direito...

GIBA

O que é compreensível, né.

LÉO

Daí eu chego aqui, do enterro dele, sabendo que não tem ninguém em casa, e tá tocando a música dele e no volume dele... Cara, dá até arrepio. Não, e o cheiro? Tá até agora.

GIBA

Que cheiro?

LÉO

Não tá sentindo?

GIBA

Eu tenho umas fraturas no nariz, perdi o olfato.

LÉO

Ele vivia fumando uns charutos fedorentos. A Nadine ficava puta.

GIBA

Puta que pariu!

LÉO

Que foi?

GIBA

Eu tinha acendido um e acabei esquecendo.

LÉO

O quê?... Giba, cê tá maluco?

GIBA

Não queimou nada, calma. Tava aqui, ó, no cinzeiro, direitinho.

LÉO

O pai acabou de ser enterrado e você acende um charuto?

GIBA

Foi pelo meu sobrinho.

LÉO
   Quem?

GIBA
   Seu filho.

LÉO
   Puta que pariu!

GIBA
   Charutos não são pra isso, nascimentos?

LÉO
   (confuso, de um lado para outro) Porra, meu filho tá nascendo, Giba, a Nadine tá no hospital. Era pra eu ter ido direto do cemitério.

GIBA
   Parabéns, papai.

LÉO
   Só passei aqui pra resolver o negócio do som. Caralho…

GIBA
   Eu fiquei feliz que cê me confundiu com o velho.

LÉO
   Quê?

GIBA
   Ah, cê entendeu, vai.

LÉO

Não, eu não entendi.

GIBA

Ah, Léo. Quando cê entrou aqui e o som tava alto e cê sentiu cheiro de charuto e…

LÉO

Que que tem?

GIBA

Como que que tem? Aí eu fui falar com você e cê se encolheu todo, quase se cagou todo…

LÉO

Mas o que tem isso, Giba? Do que cê tá falando?

GIBA

Cê me confundiu com o velho, pode falar.

LÉO

Eu jamais ia confundir você com ele, Giba, não delira… Eu só não sabia que cê tava aqui. Tanto tempo que cê não dá as caras.

GIBA

(decepcionado) OK, então.

LÉO

Sei que pode parecer ridículo, mas… cê sabe que, por um momento, eu cheguei a pensar que era o próprio que tava aqui… Mas do jeito que ele era turrão, duvido que fosse me dar a chance de me despedir.

(Pausa.)

GIBA
   Me diz uma coisa: e os olhos dele?

LÉO
   Que que tem?

GIBA
   Tavam fechados?

LÉO
   Só a boca que não… Mas que diferença isso faz?

GIBA
   A que horas ligaram?

LÉO
   Hã?

GIBA
   Só pra saber se foi dormindo, se teve dor. A que horas ligaram do asilo?

LÉO
   Da casa de repouso, cê tá falando?

GIBA

    A que horas ligaram da porra do asilo, Léo, cê entendeu.

LÉO

    Ele não tava mais lá. Quer dizer, ele até passou um tempo lá, sim, mas foi só pra repousar, uma espécie de férias.

GIBA

    Repousando ele tá agora... Deitado numa casinha de madeira cercada de terra... Pra quem sempre quis ter uma chácara...

LÉO

    Eu encontrei ele antes de sair pro trabalho. É até possível que ele tivesse dormindo, sim... Ele tava sentado nessa mesma cadeira que cê tá, com a cabeça caída de lado, parecia um cão estranhando algum barulho novo que cê faz com a boca, sabe?...

GIBA

    Léo... cê já parou pra pensar que cê pode ter sido o culpado?

LÉO

    Como é que é?

GIBA

    No asilo ele recebia atenção o tempo todo.

LÉO

    Aqui mais ainda, tá maluco? Aqui ele tinha conforto, ele tinha a mim.

GIBA
   Quantas horas cê trabalha por dia? 12, 14 horas?

LÉO
   E daí?

GIBA
   Esse é o tempo que ele ficava sozinho?

LÉO
   Ele não ficava sozinho. Tem a Nadine.

GIBA
   Sua mulher sempre odiou o velho, todo mundo sabe... Quem me garante que ela não envenenou ele pra ter um quartinho só pro bebê?

(LÉO *dá um soco em* GIBA, *que cai no chão e não levantará mais.*)

LÉO
   ELES NÃO QUERIAM MAIS ELE LÁ. *(Pausa.)* As enfermeiras preferiam ver o diabo... Cê sabe que teve um dia que ele chegou pra uma enfermeira com uma conversa fiada de que o coração dele tinha parado?... Ela disse "Impossível, seu Júlio, se o coração do senhor tivesse parado, o senhor não estaria aqui falando comigo"... Sabe o que ele fez? Ele pegou a mão dela pra pôr no peito dele, pra comprovar a bobagem que ele tava falando, e foi só ela descuidar que ele *(assobiando, enquanto desce a mão)* levou a mão dela até o pênis dele.

(GIBA *tem um acesso de riso.*)

LÉO

Ele só criou caso lá. A gota d´água foi ter espancado outro velhinho que desligou a tevê enquanto ele tava assistindo à Família Soprano... *(Começa a rir também. Pausa.)* Como é que pode? Naquela idade ainda pensar nesse tipo de coisa.

GIBA

Em quê?

LÉO

Tô falando do que ele fez com a enfermeira.

GIBA

Ah, eu também tenho uma história. Cê não vai acreditar... Uma vez, passei a noite bebendo com um cara num bar em Caxias do Sul. Ele tinha o quê? Mais ou menos a minha idade ou um pouco menos. Caxias do Sul, hein, vai vendo. Na hora de ir embora, ele disse que era tudo por conta dele e tal, já tava breaco pra cacete. E, presta atenção, hein, quando ele abriu a carteira pra pagar, sabe o que tinha nela?

LÉO

Que que isso tem a ver, Giba?

GIBA

Uma foto do pai.

(Pausa. Ambos se encaram.)

LÉO

Que que uma foto do pai tava fazendo na carteira de um estranho?

GIBA
 Como é que eu vou saber?... Talvez, sei lá, a mãe dele tivesse ouvido a mesma história do coração que parou. *(Pausa.)* Ele ainda tinha aquela mania?

LÉO
 Qual?

GIBA
 De se isolar, de dar as costas, de não responder o que a gente perguntava. De olhar pra gente com aquele queixo escroto empinado, como se fosse um imperador romano.

LÉO
 Ele só abaixou a cabeça quando morreu, Giba. E mesmo assim foi pro lado...

(Pausa longa. GIBA *fecha os olhos, adormecendo.)*

LÉO
 Giba... eu não queria te falar isso, mas... cê tá parecido com ele, sim... Claro, não a ponto de a gente confundir um com o outro, isso não... Mas deve ser por causa da idade... a voz é a mesma, algumas expressões e gestos também... É, dá pra reparar, sim. Dá pra reparar bem... *(Animado.)* E eu, Giba?... Cê acha que eu também tô parecido com ele? Cê acha que eu tô parecido com o pai?

(Ouve-se o ronco de GIBA. LÉO *olha pro irmão e adquire um tom melancólico. Luz cai lentamente. Fim.)*

ns na Parede*

Escrita em 2012

CENA 1

(Noite. Quarto improvisado com o mínimo: colchão de solteiro no chão, luminária, poucos livros, garrafa de água ao lado de um copo. Com roupa de dormir e uma das mãos enfaixada precariamente, homem entra carregando uma gaiola; nela, há um pássaro. Ele repousa o objeto no chão e o cobre com um pano qualquer.)

Voltar a morar com os pais, depois dos 40, até que não tem sido tão ruim... Tirando o fato de às vezes eu me pegar pensando em palavras cujo significado faz mais sentido na Bíblia do que no dicionário... Tipo culpa, perdão... É só eu deitar a cabeça no travesseiro que começa. O curioso é que é a palavra solta, desprendida de qualquer interpretação, e de um branco tão luminoso, suspensa, ali, naquela escuridão mais intensa de quando se acaba de fechar os olhos, que quase dá pra ouvir sua pronúncia. Aí eu fico esperando... A mudança de uma letra, o surgimento de uma segunda palavra, qualquer novidade que sirva de pista pro provável enigma, e nada. A palavra só vai se dissipando, aos poucos, sem nunca sumir por completo. Então eu adormeço... Mas eu tô me acostumando. É. Seja lá quantos passos pra trás isso signifique na minha idade, eu tô me acostumando. A sensação – sei que isso vai soar contraditório –, acredito que seja bem próxima da de alguém que amargou muito tempo na prisão no seu primeiro dia de liberdade. Apatia crônica facilmente confundida com alívio. Taí uma das imagens mais bonitas que eu tenho pra mim: o ex-detento parado em frente à penitenciária, sem saber por onde começar. Com o pouco que não permitiu que arrancassem dele, ou que não quiseram arrancar dele, numa sacola; sua vida toda numa sacola. Só esperando uma reação da cidade. Tipo uma garoa fina começar a cair, um cão deitar no seu pé, um soco no olho. Até constatar que nada virá e resolver seguir em frente. Um passo, depois outro. Desconfiado como um bicho que, depois de capturado e etiquetado, é devolvido à selva, que já se tornou estrangeira, porque isso acontece num curto tempo de ausência... Consegue enxergar o ângulo perigoso que tem a liberdade?

(Pausa.)

Preferi esse cômodo aqui nos fundos ao meu antigo quarto de solteiro. Acaba sendo independente da casa pelo quintal lá fora dividindo. Mais privacidade. O duro foi me livrar de toda a tralha que os velhos acumulavam aqui. Dois dias inteiros de faxina e lixo suficiente pra manter uma fogueira de 1 metro e 80 acesa por um bom tempo lá fora. Isso se a vizinhança não tivesse reclamado da fumaça na roupa do varal. Tive que pedir uma caçamba na prefeitura. E ainda assim deu pra encher até a boca... Velho é foda. Sente a morte se aproximar, fica mais sensível e acaba botando valor sentimental até no papel que usou pra limpar o rabo. Bom, mas pelo menos agora tá limpo aqui. Espaçoso. Um pouco mais fresco também. Só preciso dar um jeito nessa parede. Eu já imaginava que ela ia precisar de pintura e guardei as duas latas de branco gelo que tavam no meio daquela zona toda. Sobras dos tratos que o velho costumava dar na casa antes do Natal. Já tão vencidas, mas foda-se, não é pra beber mesmo...

Engraçado como hoje o velho caga pra esses reparos que precedem grandes datas. Antigamente ele não passava sem. Planejava com meses de antecedência e executava tudo cuidadosamente, com mãos pacientes de restaurador e nos olhos aquele êxtase peculiar que se atinge não no ápice, mas na iminência de uma atividade sádica. Ainda lembro dele pintando o teto. Cigarrinho no canto da boca. Eu embaixo só segurando a escada e tentando adivinhar o momento exato em que a cinza, já maior que o filtro, ia cair no meu rosto... O coitado só queria mostrar pra todo mundo que tinha tido um ano farto. Tão diferente de hoje. Apesar de ele ainda tá bem-disposto: bate o dominozinho dele no fim de semana, dá uma volta no quarteirão toda manhã abrindo e fechando as mãos. É, vai ver que é porque tudo vai perdendo a importância mesmo. A despeito dos mais bem intencionados dos esforços, mesmo em conjunto...

Tem uma hora, geralmente no fim do dia, que ele e a velha entram numa espécie de letargia. O mais estranho, eu já reparei, é que o start da coisa é comum aos dois, não importa a distância entre um e outro. Eles simplesmente são tomados por uma aura misteriosa e, sem interromper o que tão fazendo, um sorriso indecifrável brota na cara deles. Aquele sorrisinho discreto, mas com um certo deboche, sabe, que a gente só vê na boca dos sábios e dos defuntos... Às vezes eu me pergunto que tipo de coisa é essa capaz de preservar uma sintonia tão perfeita entre duas pessoas. Mesmo que elas não troquem sequer um bom dia. Há mais de 20 anos.

(Pausa.)

Ontem à noite, uma garota que cresceu comigo aqui no

bairro veio me fazer uma visita. A Bia. Ela trouxe um vinho e a gente ficou relembrando alguns momentos bons. Aqueles momentos que a gente guarda dentro de uma pasta específica na cabeça e intitula de "Aquela Época". E fica dizendo "aquela época" era foda, "aquela época" não volta mais, "aquela época" a gente era feliz sem se dar conta... Daí tocou "Ribbon in the sky" no rádio. Stevie Wonder tocando, copo com um vinho que tá mais comprometido com o teor alcoólico do que com a qualidade da uva... a gente acabou se abrindo um pro outro. Mas sem pose. Sem aquela pose de bem-sucedido que só faz sentido, ou melhor, só cola com quem não vê a gente há um bom tempo...

Ela me disse que optar pela casa dos pais depois de uma separação é sinal de que o subconsciente anda pedindo colo... Puta que pariu... Tentei explicar que a única coisa que anda precisando de colo por aqui nesse momento é o meu bolso, só por isso que eu voltei... mas daí a gente, a gente começou a foder. É, a foder daquele jeito que parece que os dois tão com muita sede. E quando termina fala que foi em nome dos velhos tempos. Bota a culpa nos velhos tempos porque tem vergonha de admitir que tá carente pra caralho. Como se a pele já não tivesse denunciado isso antes, crispando antes mesmo do toque da língua, só com o revezamento entre o frio da aspiração e o calor da expiração de uma boca quando tá bem perto...

Não sei o que é mais engraçado, ela ainda usar o mesmo perfume de quando era garota ou eu conseguir me lembrar disso depois de tantos anos... Mas ela me pareceu bem. É. Bom, pelo menos tá chegando aos 40 sem ter pirado... No fundo, ela é só mais uma dessas mulheres que, já sem muito apelo, acabam apelando, sabe como é? Essas que desenvolvem o poder de sacar quando o cara deu a sua noite por perdida. Tá cheio delas por aí. Elas tocam a campainha da gente, usando uma capa de chuva e segurando uma garrafa de vinho e fodeu... Ela dá aquela sibilada irritante no fim dos plurais, sabe? Professoral, mínima, mas dá. E o problema nem é esse. O problema mesmo foi que, hoje de manhã, logo que eu acordei, ela tava parada me olhando, tomei um puta susto. Sabe aquela expressão triunfal de mulher que acha que a vitória tá em descobrir que tá sendo traída, não em largar o traidor? Então... Era o papo de subconsciente pedindo colo. De novo. Disse que tinha me gravado com o celular durante a noite e que podia provar que eu tinha dormido em posição uterina e com os punhos cerrados com força.

(Pausa.)

A essa hora o bairro todo já deve tá sabendo. Não sei por que que eu fui me abrir com aquela... A Bia não ia aliviar, pra quê? Merda... Peraí, talvez todo mundo já tivesse sabendo antes. Vai ver a Bia já apareceu aqui sabendo de tudo. O que explica a vizinhança me olhando com um leve pesar desde que eu voltei pra essa casa. Aquele sorrisinho a meio mastro, coberto por uma fina camada de cautela. É pena. Claro que é, só pode ser. Mas não é por nobreza, não. Eles devem ter zombado da minha situação antes, daí a culpa. Arrependimento fajuto pra ficar bem com a tal justiça divina, que eles não sabem nem de onde vem.

Os velhos. Claro. Só podem ter sido eles. Dá pra ver a velha blasfemando a sua ex-nora num raio de dez quilômetros daqui. Dia desses ouvi ela falando praquela rodinha de velhas que sempre se forma aqui na frente de manhã, depois que cada uma varre seu trecho de calçada, que *(caricato)* só se conhece realmente uma mulher quando o seu marido perde o emprego... E o velho? O que que ele já não deve ter dito aos seus colegas de dominó que, coincidentemente, são os pais dos caras que cresceram comigo? Claro que tá todo mundo sabendo. Só não tocaram no assunto diretamente comigo. Não fizeram isso, mas dá pra ver que todos dariam um dedo, a mão inteira até, pelo meu discurso vitimado... É, mas eu não vou expor o meu reto à visitação pública, não. Isso não vai acontecer. Nem fodendo.

(Pausa.)

Eu tinha uma vida tão legal, pô... Uma filha saudável... Sabia que quando ela nasceu e a enfermeira veio me apresentar ela, eu... eu dei um passo pra trás? É, eu fiz isso. Um passo pra trás, eu me afastei. Foi a única coisa que eu consegui fazer naquela hora... Aí a enfermeira – uma gordona, negra – arregalou bem os olhos, espantada com o meu gesto inesperado diante do amor – como se um cara lá no Japão fosse agir diferente de mim – e levou a minha filha de volta ao berçário... Mas depois ela voltou, com seus dois olhões, e me entregou um cartão. Um cartão com o telefone de um curso de pai. *(Rindo.)* Cê acredita que tem cursos por aí que ensinam o sujeito a ser pai?

(Pausa.)

Lembrei agora do dia em que o velho me levou pra pescar. A única vez que ele fez isso. Eu tinha o quê? Uns 6, 7 anos, acho. E eu não dormi na noite anterior. É, eu passei a noite toda em claro, pedindo pra Deus que se tivesse nos planos Dele me matar naquele fim de semana, que me esperasse voltar da pescaria. Só tô falando isso porque, quando a minha filha tava pra nascer, naquela madrugada de inverno, mais de trinta anos depois da tal pescaria, eu me peguei fazendo o mesmo: estalando os dedos com as mãos geladas e pedindo pra Ele mais uma vez, só mais uma única vez, não me tirar o direito de me maravilhar.

(Pausa curta.)

Eu só fui pegar ela no colo depois do terceiro mês. Medo daquela coisinha se desmanchar e vazar pelos vãos dos meus dedos. Tão pequenininha e cinzenta que a gente chama ela de Foca até hoje por causa disso, acabou ficando... Conforme ela foi crescendo, um otimismo foi brilhando cada vez mais forte naqueles olhinhos esbugalhados sempre lendo o meu rosto. Eu não precisei de ninguém me ensinando a estender, cada dia mais um pouco, a distância entre nós dois, só pra que ela tentasse chegar até mim com aqueles passinhos vacilantes e braços erguidos de quem atravessa um rio pela cintura. Ninguém precisa de alguém pra ensinar a amar a coisa mais valiosa da sua vida. Foi o que eu disse à enfermeira antes de rasgar aquele cartão idiota... A cada dia que passa, a minha filha tá mais linda e doce, esperta e veloz, um hálito celestial... Ela é o meu motivo. Ela sempre vai ser o meu motivo.

(Pausa.)

Eu tinha uma mulher também, claro... Alice... No início uma mulher graciosa e sensível. Nunca frágil. Com um dom quase sobrenatural de fazer qualquer camiseta de partido político cair como um vestido de festa no seu corpo lindo e real. E eu me casei com ela... Sabe, eu sinto falta das nossas conversas. Principalmente nas madrugadas em que o calor não deixava a gente dormir direito. A gente ficava conversando baixinho, com a luz apagada, olhando pro teto cheio daqueles adesivos luminosos em forma de estrela e meia-lua que ela trazia da papelaria. Fazendo pequenos planos que não comprometessem o nosso couro. Confessando coisas com uma franqueza que só é possível por escrito ou no escuro... Quantas noites a nossa insônia driblou o amor e a gente sentiu ele crescer feito um osso...

E quando o sono finalmente se aproximava, provocando aquelas risadas frouxas, eu me virava pro outro lado só pra sentir, sob o uivo uníssono e baldio dos cães da redondeza, os seus seios macios tocando as minhas costas. E se era ela que dava as costas pra mim, eu ficava só respirando aquele cheiro quente e gorduroso da sua cabeça. Seus cabelos fazendo cócegas no meu rosto toda vez que ela virava o travesseiro, buscando o lado mais frio da fronha... Daí ela emergia do sono pela última vez, antes de se afogar definitivamente nele, e isso acionava em mim uma espécie de perda. E o medo da solidão, mesmo que só por algumas horas, me dava uma ereção absurda e potente, a ponto da minha própria mão estranhar o tamanho do danado... E então eu fodia ela. Bem devagar. Rumo àquele orgasmo mentolado, típico da terceira ou quarta foda da noite, ao som dos primeiros pássaros do dia... Isso me bastava. Não só em noites assim, isso me bastava por uma vida toda...

É, eu tinha uma vida legal. Quer dizer, ainda tenho. Ainda tenho a minha filha, ela faz quatro anos na semana que vem.

Tenho a minha mulher também, que só passou oficialmente a se chamar "mãe da minha filha". Pelo menos no sentido da existência ainda tenho as duas. Não mais no sentido da convivência. Tampouco no do merecimento, eu acho.

(Pausa curta.)

Eu trocaria todas as pessoas que me amaram e ainda vão me amar nessa vida por uma só, só uma, que hoje me rejeita.

(Deita-se. Desliga luminária. Blecaute.)

CENA 2

(Manhã. Homem se levanta, veste-se, descobre a gaiola e sai, carregando-a. Luz cai em resistência.)

CENA 3

(Noite. Com a mesma roupa de dormir, homem entra carregando a gaiola e a cobre.)

O pássaro. A velha perguntou se ele podia continuar passando as noites aqui nos fundos. Parece que algumas espécies são meio sensíveis a mudanças repentinas. Não vi problema nenhum, ele nunca canta. Quero mostrar ele pra Foca quando ela vier me visitar. Quero ver ela gargalhar de medo, enfiando o dedo na gaiola e tirando depressa.

(Pausa.)

Pensando bem, acho que vai ser bom pra ela crescer longe daqui... Não, quem disse longe de mim? Eu não disse longe de mim, eu disse longe daqui; longe daqui, não de mim... Embora não tenha sido exatamente um playground que eu tinha em mente como cenário pra isso. Eu queria a minha filha crescendo solta. Tipo correndo na estepe, sabe como é? Suas vistas alcançando tudo o que é humanamente possível. E que esse tudo soasse a ela não só como uma possibilidade, mas como uma promessa. Sem muros. Nem crianças assustadas transferindo a ela as doses diárias de medo que recebem dos seus pais que, por preguiça de levantarem o rabo da cadeira pra tirarem elas da beira de um poço, inventam monstros horrendos ali, só pra que elas voltem correndo pra suas bainhas como bumerangues... Só a liberdade ia preparar ela pra quando outra garotinha tentasse tomar a sua merendeira na escola. Pra quando um homem tentasse passar ela pra trás lá na frente...

Foi por isso que eu propus à Alice, quase no fim da gravidez, entregar o apartamento que a gente morava e alugar uma casa de bairro, térrea e com quintal, pra facilitar tudo. Acabei achando uma aqui perto dos meus pais mesmo, a duas quadras daqui. E deixei tudo pronto pra nós três irmos da maternidade direto pra casa nova. A Alice tinha relutado um pouco no início. Detestava a possibilidade de fazer qualquer refeição com os velhos; não entendia a falta de louças intermediárias entre a panela e o prato, dizia que eles comiam como porcos.

Mas aos poucos ela foi cedendo aos meus argumentos de que o convívio com os avós ia ser bom pra menina, sempre ia ter gente de confiança com quem deixar ela quando a gente quisesse, sei lá, ir ao cinema, jantar fora, não confio em babás; depois de um tempo eu ia até poder levar ela pra escola de manhã, de pijama e com os cabelos desgrenhados, método Nick Nolte de dizer às outras crianças "Não se metam com ela!" *(Ri. Depois segue sério.)* E tinha mais uma coisa, uma coisa minha... Depois de tanto tempo morando num apartamento alugado de um endereço charmosamente neutro no outro lado da cidade, eu queria me reconciliar com o bairro que me viu crescer. É, esse era o meu projeto secreto... Tá OK, vai, na verdade, assim como o velho sempre quis mostrar que tava tudo bem por meio de uma casa cheirando à tinta fresca na noite de Natal, eu queria esfregar na cara de todo mundo nesse maldito celeiro de fofoqueiros e fracassados que eu tinha prosperado, que eu tinha – sob a visão deles, é claro, e só sob a visão deles – vencido.

(Pausa curta.)

    Eu só queria que todo mundo visse que aquele garoto que passava as tardes atirando pedras nos trens ou praticando furtos – que iam desde o grão de sal grosso que encobre o bacalhau na seção de pescados do supermercado, pra excitar a língua, até a cota mensal de vales-transporte de uma empresa inteira, com a conivência, é claro, de um office-boy conhecido pedindo pra não exagerar no soco na hora do olho roxo que seria apresentado ao seu patrão, pra forjar o assalto –, aquele garoto, ele não tinha se perdido no caminho... Apesar de ter cogitado tantas vezes um mergulho definitivo na piscina de ácido que tinha nos fundos da velha fábrica de peças pra aviões, aquele garoto, eu, eu segui um rumo comum. Dá pra entender?

(Pausa curta. Enquanto enche um copo de água.)

    Quando eu voltei pro bairro com a minha família, não demorou muito pra eu constatar que as coisas tinham mudado um pouco. As casas tinham se deteriorado como a boca dos seus inquilinos. Tinham um aspecto desencorajador de abandono, sabe, potencializado por fachadas escurecidas. Era como se sempre tivesse acabado de chover, entende? Até o cenário da minha infância, a velha fábrica de peças pra aviões, tinha sido desativada, parece que por uma denúncia de contaminação do solo ou algo assim *(toma toda a água do copo)*, que nunca se deram ao trabalho de comprovar ou desmentir.
    O fato é que eu não reconhecia mais o bairro. Todos os meus amigos de infância tinham ido embora. Quer dizer, de vez em quando eles até dão as caras. Eleições, quase nunca no

Natal – provavelmente depois de suas mulheres implorarem de joelhos. Mas não pra uma confraternização familiar, e sim pra disputar quem é que tem o carro mais caro ainda em nome da porra do leasing... E quando isso acontece, eles já não me despertam sequer um motivo honesto pra uma reaproximação, sabe... A não ser o Luís – o panaca. Que ironicamente não tinha sido um amigo no passado, e sim um alvo. Assim que eu cheguei, ele tava lá – o único –, mofando nos fundos da oficina mecânica às moscas herdada do pai dele, mesma posição de quando eu fui embora... E eu reconheci aquilo. De imediato. Como única relíquia, embora fossilizada, de uma época quase feliz... O único aqui que ainda me inspirava uma certa fidelidade a um tempo que eu tinha vontade de revisitar. E que, levado por um saudosismo idiota, eu esperava encontrar intacto depois de tantos anos.

(Pausa.)

Uma vez, a gente era moleque, eu caguei num papel de presente, fiz um laço caprichado e coloquei bem em frente à oficina mecânica do pai dele, que ainda era vivo. Daí eu e meus amigos ficamos só olhando de longe, esperando. *(Rindo.)* Cara, não deu nem tempo de o Luís desfazer o laço: os dedos dele romperam o papel úmido assim que ele tocou no presentinho...

Mas o melhor trote mesmo veio depois, arquitetado por um amigo meu, o Marcelo. Eu fui até a oficina e disse pro Luís que eu tinha brigado com o Marcelo, tudo mentira, e que tinha sido do cu dele que tinha saído o recheio do tal presente. Então perguntei se ele tava a fim de me ajudar a sacanear o cara. Ele aceitou, claro. Meio desconfiado, mas aceitou. No fundo ele tava apostando nas mudanças que poderiam vir de uma boa revidada. Tipo ser esquecido por nós ou se tornar um de nós, por que não? "É só chegar no Marcelo e perguntar como é que o pai dele pulou o último carnaval. Baba." Assim que ele encontrou o Marcelo, acho que no dia seguinte, não deu outra: "Aí, Marcelo, conta pra gente como foi que o seu pai pulou o último carnaval." *(Gargalhando.)* O filho da puta do Marcelo era tão bom, mas tão bom, que seus olhos se encheram d'água na hora. *(Vitimado.)* "Pô, cara, isso não se faz. Ele acabou de amputar uma perna por causa de umas complicações do diabetes." *(Volta a gargalhar.)* O coitado do Luís só não fez morrer. Passou semanas trancado em casa com a pedra da culpa pesando sobre o peito, não aparecia nem pra ajudar o pai na oficina, diziam até que chegou a adoecer, o panaca. *(Ápice da gargalhada, que vai se dissipando aos poucos. Já recomposto.)* Panaca... Panacas éramos nós, isso sim.

(Pausa.)

Apesar da sua baixa estatura, assim que eu cheguei, notei que os anos deram a ele uma certa imponência. Nada a ver com nobreza. Força física, talvez, representada por músculos bem destacados e pétreos que pareciam ter sido esculpidos por um esforço misterioso, além do que a oficina mecânica exigiu dele desde muito cedo. Era como se ele tivesse se empenhado, a partir do fim da adolescência, quando todos nós deixamos de implicar com ele e começamos a migrar, em compensar o seu um metro e cinquenta e bem poucos de altura, numa tentativa de desencorajar novos perseguidores na idade adulta...

E, aos poucos, a gente foi se reaproximando. Ou se aproximando pela primeira vez de fato. Como dois irmãos que se conhecem depois de adultos: mesmo sangue, dois tons de vermelho... Ele começou a frequentar a minha casa. Jantava com a gente quase todo fim de semana. Depois a gente jogava pôquer, bebia, dava umas boas risadas. Apesar de ele morar a apenas três casas da minha, era comum ele desabar algumas noites no sofá, completamente bêbado. A gente também relembrava algumas histórias. Principalmente pra Alice. Mas sem jamais fazer uma alusão sequer, embora a idade adulta permita olhar pro fato mais aterrador da infância com um certo humor, a nada do passado que pudesse diminuir ele... E assim ele foi se tornando o meu melhor amigo. A ponto de, quando a Alice tava a fim de sair, eu confiar a ele a minha filha, nem recorria mais aos meus velhos. Cara, eu jamais vou esquecer da cara dele no dia do convite pra ser padrinho da Foca. Eu nunca vi alguém tão feliz. Ele chorava como um garotinho. Um garotinho sentindo soprar no rosto pela primeira vez a leve e aprazível brisa do merecimento.

(Pausa curta.)

Um tempo atrás, tomando uma cerveja com ele num bar, aproveitei algumas camadas da geleira derretidas pelo álcool e toquei no assunto. Perguntei por que que ele deixava a gente zombar tanto dele quando a gente era moleque... O lugar não é exatamente um bar. É mais uma dessas mercearias confusas improvisadas em garagens, dessas que se proliferam nos subúrbios. Em que uma dona de casa, tentando pesar a mistura do jantar, é atingida no baço pelo taco de bilhar de um sujeito que, já meio bêbado, nem se deu ao trabalho de olhar pra trás antes da tacada. Às vezes, até calha de ser o próprio marido dela o autor da grosseria, que só tá ali enchendo a cara pra conseguir voltar pra *(hesita, comedido)*... casa... depois de um dia cheio. *(Pausa curta.)* Óbvio que conseguir voltar pra casa não significa completar um itinerário. *(Pausa curta.)* Eu tô falando de uma espécie de anestésico pra suportar, sem assombramento, apesar da familiaridade erguida por anos ou décadas, os objetos mais felpudos de um lar te saudando com garras e presas horrendas. *(Pausa curta.)* Porque é assim que é. A verdade é uma só. *(Pausa curta.)* Eu acabei de sair de um casamento de dez anos, pô. Eu sei do que eu tô falando. Apesar desse quase nada de luminosidade que ainda me resta de uma juventude vista de relance, eu sei que nessa porra de barquinho precário remado com as mãos chamado intimidade só se chega a um lugar: à repugnância. *(Pausa curta.)* Que que eu tô falando, meu Deus? Que merda é essa que eu tô dizendo? Não era isso que eu queria dizer... Acho que eu tô um pouco cansado, já é tarde, eu... O Luís só não queria machucar nenhum de nós, era isso que eu queria dizer, porque foi exatamente isso que ele me disse naquele bar. Por isso que ele nunca revidou à nossa perseguição diária naquela época. Porque nunca tinha um adulto por perto que pudesse fazê-lo parar, caso ele resolvesse dar a primeira.

(Pausa longa.)

Uma noite eu cheguei do trabalho, eu tava muito cansado, e ele tava preparando a mamadeira da Foca... Naquela noite eu tinha ouvido um troço horrível no rádio do carro, sobre uma mulher num ônibus lotado que tava com seu bebê nos braços e por isso não conseguia pegar o dinheiro da passagem dentro da bolsa... Com uma das mãos o Luís segurava a minha filha dormindo e com a outra mexia o leite no fogo pra não empelotar... Um sujeito no ônibus se ofereceu àquela mãe pra segurar o seu bebê, era uma menina, pra que ela pudesse encontrar o dinheiro da passagem na bolsa... *(Arremeda Luís.)* "Cara, você não vai acreditar", o Luís me saudou num tom elevado e feliz, depois deu aquela encolhida de ombros com uma frisada de rosto de quem admite uma gafe, sabe, e prosseguiu, sussurrando da forma adequada numa casa com criança dormindo: "Cê não vai acreditar: a Foca falou. É, hoje à tarde a sua filha falou pela primeira vez. Ela olhou pra Alice e disse sabe o quê? 'Mamã'"... E quando a mulher do ônibus foi trocar a sua filha, já em casa, percebeu que o estranho tinha feito mais do que uma simples gentileza. Com o dedo. A vagina da criança tava sangrando.

(Pausa. À plateia.)

Não, isso não... Peraí, aí não. Eu sei o que vocês... O Luís não ia... Ele não era nenhum pervertido sujo desses, que isso? Ele sempre ficava sozinho com a minha filha, porra, quando eu saía com a Alice... Não, não, claro que não. Disso eu tenho certeza. Eu só cheguei cansado do trabalho naquela noite, cabeça quente. Ciúme meu. É, ciúme meu, foi isso. Eu sempre fui um cara ciumento. Ciúme de pai ausente numa hora tão importante. E ciúme, sabe como é, embaralha o raciocínio da gente. Não, ele não ia. Ele não. *(Pausa curta. Desabafa.)* A única coisa que eu tenho na porra dessa minha vida... O meu bebezinho, caralho. Dá pra vocês pararem de me olhar assim?... *(Pausa. Em tom elevado, firme, revivendo o passado.)* "Me dá a minha filha aqui"... Acho que eu soltei um "seu merda" no final, não lembro direito. E ele resistiu. É, eu notei que ele resistiu. Mas não porque não queria me entregar a minha filha. Não, foi só o tempo de sentir firmeza no passe, de se assegurar que se soltasse ela, ela não ia resvalar entre nós dois, só isso... Depois ele continuou a girar a colher lá no leite, sem notar que já transbordava da panela, avermelhando a chama e fazendo chiar a boca do fogão. Naturalidade forçada de quem tá evitando um embate, provavelmente tentando ignorar na cabeça dele o que podia tá passando na minha... Ele só ficou lá, parado, olhando praquele líquido branco derramando da panela. Como se velasse um caixão.

(Pausa.)

Eu apertei tanto a minha filha nos braços, com tanta força, que ela acabou acordando e começou a chorar. Mas ela fez isso só por alguns minutos, depois voltou a dormir... "A Alice, onde é que ela tá?"... Ele disse que ela tinha acabado de sair do banho e tava no quarto se vestindo... E de fato ela tava, sim. O problema foi que eu não precisei abrir a porta pra constatar isso.

(Pausa. À plateia.)

Deu pra perceber? Hein? Deu pra perceber que alguma coisa tinha acontecido ali. Na minha própria casa, porra... Eu podia sentir o ar grosso e sujo, como o de um cassino clandestino. As risadas, provavelmente da minha cara, ainda pairavam pelos cantos. E aquela puta do caralho ainda tirou a minha filha de mim. A minha vida, porra. O meu bebezinho. Tudo o que eu tenho. Aquela vaca dissimulada tirou a minha filha de mim, levou embora...

Nada de agressão física. É. Qualquer espécie de alívio seria um desperdício. Eu precisava poupar a minha raiva, eu precisava dela acumulada e quente. Então eu coloquei a Foca na cama, ensanduichei ela com dois travesseiros, e quando a Alice terminou de esfregar um anti o caralho a quatro naquela cara que, a partir daquela noite, nem precisa dizer que passou a ter um aspecto amadeirado pra mim, até que toda aquela gosma branca fosse completamente absorvida pela pele do rosto dela em movimentos circulares, e depois que ela se vestiu, eu mandei ela ir pra cozinha e me esperar lá com o Luís... Ela obedeceu, claro. Tentou questionar, mas logo obedeceu. E os dois ficaram lá, me aguardando como funcionários na sala do chefe. *(Pausa curta. Grita.)* "Eu sou o rei nessa porra aqui... tá entendido?" "Eu sou o rei nessa porra. Eu, tá entendido?" *(Pausa curta.)* Depois eu dei um chute na mesa, que era pra ter virado, mas só acabou ferrando o peito do meu pé. E eles ficaram lá, parados, olhando pra mim... Não disseram sequer uma palavra.

(Pausa.)

Sabe, às vezes eu me pergunto quando foi que tudo começou a ruir... Honestamente? Eu queria saber... A palavra errada, o gesto truncado ou a falta das duas coisas que fez com que eu passasse a ter que me pendurar nos pensamentos dela, me esforçando o máximo pra conferir, como do outro lado de um muro, se o assento que antes me era reservado já tinha sido ocupado por outro. O momento exato em que as coisas perderam a importância... Exatamente como aconteceu com meus pais, há mais de 20 anos, também de forma tardia... Porque quando se é mais jovem essas guinadas são completamente compreensíveis, naturais até. Mas depois de uma certa idade, depois de estabelecida uma rota, tudo o que se espera são trilhos a perder de vista, com direito àquelas casinhas perdidas no meio do nada, entre uma cidadezinha e outra, que a gente vê quando viaja de trem pra bem longe e fica se perguntando: "Como é que eles fazem pra sobreviver ali?" "Onde é que eles compram comida?"... Por que que esse troço que a gente chama de tempo só me permitiu constatar toda a devastação gradual quando já era tarde demais? E é isso que me deixa mais puto, porque foi gradual a porra do negócio... Por que que é sempre assim, hein? E eu não tô falando só da minha mulher com o Luís, não. Eu tô falando de tudo. A gente se envolve numa briga, crente que o soco tá com a mesma potência que da última vez que precisou dele mais novo e se fode. Por quê? Só porque não tinha ali na hora a porra de uma fotografia antiga pra dizer "Ei, meu camarada, você envelheceu"? Só por isso?... Por que que a gente precisa olhar pra uma foto antiga pra constatar isso se já sabe que vai ficar tentando se enganar, se convencer de que a cara tá melhor agora? E não tá, porra nenhuma, o caralho que tá, nunca tá... A gente só se acostumou... E o tempo – o maior e mais asqueroso de todos os roedores, esse ratão velho e gordo – nem sequer pra ter dado um toque, um sinal, um sintoma, enquanto a merda toda ainda tava no início. Ou no meio, que fosse, foda-se, só pra gente conseguir colar, amarrar um barbante, evitar, retardar, neutralizar de alguma forma... O momento exato em que alguma coisa arrebentou e tudo perdeu a importância. As palavras se tornaram ocas, os olhos passaram a desviar. Perderam o brilho, a transparência e passaram a desviar, desviar, desviar, desviar o tempo todo... É foda... E quando a gente se dá conta, já era. Tá tudo irreversivelmente perdido. *(Pausa.*

Num rompante, começa a se vestir.) Quer saber?... Quer saber? Eu devia era ter matado ele. Naquela noite... Eu devia era ter dado um tiro na cara daquele filho da puta. *(Sai. Luz cai.)*

CENA 4

(Madrugada. Ele chega bêbado da rua e fica perambulando, cambaleante, pelo cenário.)

    Essa... essa faixa... de gaza... entre a minha... entre a minha boca... e a sua... Uma faixa... de gaza... Tem uma faixa de gaza... entre a minha boca... entre a minha boca e a sua boca... Por quê?... Por que... essa faixa de gaza entre a minha boca e a sua? *(Começa a gargalhar tanto que precisa se escorar em algo. Após alguns instantes, riso se transforma em comoção.)* Ah, meu Deus... Ah, meu Deus... *(Como se fosse vomitar, ele avança em direção à cama, deita-se, enterra o rosto no travesseiro e chora compulsivamente. Luz cai.)*

CENA 5

(Dia. Ele entra, nervoso, segurando um cartaz com o anúncio de "VENDE-SE GELADINHO" e mostra à plateia.)

Que que a velha tá querendo com isso? Hein? Me humilhar? Não, só pode ser. E se a minha filha chega e vê essa merda pendurada lá fora no portão? O que que ela vai pensar do pai dela? *(Arremeda sua mãe.)* "O estádio que vai servir de abertura à próxima Copa do Mundo, meu filho, tá sendo construído aqui do lado, não é uma benção? Agora a gente só precisa pensar numa maneira de tirar proveito disso, você não acha?" *(Penalizado, para si.)* "Mas desse jeito, mãe? Desse jeito?" *(Rasga o cartaz. Pausa curta.)*
Outro dia eu li numa revista que fizeram uma pesquisa pra saber qual o McDonald's que mais vende Big Macs no mundo todo. Adivinha? O daqui do bairro, vai entender... O que que isso quer dizer? Nada. Absolutamente nada... A gente tá esquecido aqui, isso sim. Nesse cu. A gente não sabe nem se é limpa a água que a gente bebe nesse cu, o solo pode tá contaminado. Se o mapa de São Paulo tivesse o formato de um cão, esse lugar certamente seria o cu dele, taria localizado bem ali, no cu do animal. *(Alguém bate à porta. Ele grita.)* Velha, vê se me esquece, vai. *(Batidas insistem.)* Depois, velha. Porra. Não tá vendo que eu tô batendo uma punheta agora? *(Esfrega o rosto e bufa. Pausa curta. Para si, com pesar.)* Não tá vendo que ontem fez um mês que o Luís tá morto?

(Pausa longa.)

Eu comecei cheirando as calcinhas da Alice... Não dizem que o ciúme é um sentimento primitivo? *(Fareja o ar como Hannibal Lecter.)* Pra mim, tá mais pra uma explosão no fundo do mar. Começa aqui, na região do estômago, e segue ardendo pelo corpo, perdendo a intensidade conforme vai avançando pelo resto do corpo, até as extremidades. Exatamente como um choque ou um raio de onda sonora que se propaga de uma explosão no fundo do mar.

Depois eu parti pra todas essas obviedades juvenis: vasculhava chamadas feitas e recebidas no celular. Só que lia cada torpedo umas vinte, trezentas, mil vezes em busca de alguma cifra. Pois é, um marmanjo como eu, um sujeito na minha idade... Depois de um tempo eu não via mais a hora de voltar do trabalho pra investigar a pilha de contas telefônicas que eu tinha juntado; histórico, claro, coincidindo com o dia e a hora em que o Luís botou os malditos solados lá em casa.

Nos dias mais difíceis, e eles sempre vinham, era só eu deixar toda a minha vulnerabilidade transparecer numa cara de coitado. Isso dava um peso clínico às desculpas que eu inventava ao meu chefe, pra conseguir sair mais cedo. No início até que dava certo. Mas depois de um tempo, e dos últimos pedidos negados, eu simplesmente ia embora, não tava nem aí, abandonava tudo, muitas vezes antes mesmo da hora do almoço, não dava satisfações a ninguém nem nada... Logo, eu não tinha mais um trabalho, um emprego de onde voltar todas as noites. E o mais engraçado é que ainda assim eu conseguia enxergar um lado, digamos, bom nisso. Ah, perdi o emprego? Foda-se, mais tempo pra me dedicar ao meu novo hobby, o de moer fantasmas...

Pros meus velhos, que ainda devem tá morrendo de pena de mim, o filho deles rodou num corte de funcionários. A velha deve tá agora mesmo lá na frente assando um bolo de fubá com erva-doce, passando um café e abanando com uma tampa de panela o cheiro acolhedor de cozinha em atividades aqui pros fundos, pra ver se me passa um pouco de... colo... Por enquanto, eles tão me agradando, mas daqui a pouco, ao analisar o histórico de baixo peso dos meus bolsos, eu sei que toda essa gentileza vai se transformar em decepção. Porque família gosta mesmo é de dinheiro. Dinheiro, é disso que aqueles dois lá gostam. E, assim como toda a vizinhança, daqui a um curto espaço de tempo, eles também vão começar a me olhar desapontados, como pra um rojão que falhou. Daí virão o incômodo, pela minha presença, o desprezo, depois a raiva.

(Pausa.)

Quando a companhia telefônica me enviou a segunda via das contas que já tinham ido pro lixo, de velhas – algo me dizia que era nelas que eu ia achar o que eu tava procurando, pela quantidade de chamadas repetidas ou pela longa permanência com um único número –, eu me tranquei no porão de casa, da antiga casa, e aos poucos fui me transformando num sujeito subterrâneo... Não por me refugiar a maior parte do dia e da noite no subsolo, num porão úmido e mal ventilado, mas por ter encontrado a cópia fiel desse lugar, só que dentro de mim, entende? Não na carne, na alma... Até as brincadeiras com a Foca foram ficando cada vez mais esparsas, cada vez mais esparsas até se tornarem raras. E eu lá, naquele porão, como um idiota, descendo a régua pela coluna de ligações daquelas malditas contas telefônicas, e quando os números iniciais batiam com os do Luís – eu não era sequer capaz de me certificar dos números finais –, era preciso pressionar a régua bem forte no papel, como se tivesse cola pra secar ali, porque as minhas mãos começavam a tremer, elas tremiam muito, e meu coração, ele disparava, socando a minha caixa torácica como um chimpanzé estressado numa jaula, e eu tinha que *(faz o que está dizendo)* erguer a cabeça muitas vezes, assim, fechando os olhos, pra tentar sugar um pouco do ar que ia ficando cada vez mais *(ofegante)*... cada vez mais... espesso e eu precisava... eu precisava... respirar, eu... preciso, eu preciso respirar... um pouco... Só um pouco agora.

(Pausa longa.)

Ridículo, né?... É, eu sei que é... No fundo eu sempre soube. *(Pausa curta. À plateia.)* Quer saber? Eu nunca soube de nada. Eu nunca soube de porra nenhuma. Ridículo é o caralho. Tá legal? Pode parecer ridículo pra espíritos evoluídos como os de vocês todos aqui, pra mim não... Vem cá, cês já pensaram em ir morar no Nepal?

(Pausa.)

Até o seu prato predileto deixa de fazer sentido ao paladar se não for encarado como uma pista. Do tipo "Ela só preparou carne moída com cenouras hoje porque o canalha, o filho de uma puta ficou de vir jantar aqui em casa". Porque esse troço, o ciúme, ele é cruel. Muito cruel. Ele vai te envolvendo de tal forma que, quando cê menos espera, tá puxando um fio de pesca interminável que, se você desiste, jamais vai saber o tamanho do peixe que conseguiu fisgar. E a graça da pescaria qual é? Não tá justamente em saber o tamanho do peixe que cê conseguiu pegar? *(Pausa curta. Para si, novamente sobre a plateia.)* Espíritos evoluídos... Aí já virou um vício. É. Com toda a perda de massa encefálica, de dignidade, com todo o embotamento peculiar, uma... doença. É, uma doença.

Eu disse que tudo começa no estômago, mas tá tudo aqui, ó. Tá tudo aqui, na cabeça da gente. E cê só espera, a cada novo giro no molinete, conseguir ver a silhueta não mais do peixe, e sim do demônio embaixo d'água. Cê não vê a hora de olhar pros seus olhos negros bem abertos... Se as contas telefônicas não te serviram de nada, não te deram prova alguma, você parte pro computador. Cê quer ver o histórico de navegação dela, ler os e-mails dela, mas tem uma senha, a porra de uma senha que te impede de fazer isso. E logo cê descobre que há uns programinhas disponíveis na internet que, por combinação de caracteres, podem quebrar essa senha, rodando letras e números num mostrador, como essas combinações de cadeados de segredo. Mas isso pode levar semanas, meses, anos até chegar à combinação exata. Daí você cava outros meios, descobre novos programas espiões que te mostram tudo o que ela digitou, sem que ela percebesse que o troço tava ali rodando silenciosamente e registrando todos os passos dela... enquanto ela digitava o nome científico da merda de uma planta ou, sei lá, a porra de uma receita de suflê de abobrinha...

Você banca o detetive o tempo todo, o tempo todo, mas sem o charme de um detetive, tampouco sua inteligência e lógica. No fundo cê tem consciência disso, mas não admite. Cê fica o tempo todo de plantão, em estado de alerta, é um inferno. Refaz pequenas cenas, as mais prosaicas, de quando o Luís teve lá em casa, só que pelo róseo ponto de vista da malícia. Noites e noites esfregando os cantos do único vidro baço através do qual é possível visitar o passado. Atrás de um gesto, uma palavra, só que numa modulação suspeita, entende? Uma entonação diferente. Não faz outra coisa, não consegue fazer outra coisa que não tentar precisar o tamanho do tal peixe, do tal demônio preso na sua linha de pesca interminável, seja pela força muscular que se imprime pra puxar ele ou, o que é muito pior, pelo tamanho que você acha que ele tem, que você acredita que ele tem…

Tarde demais, meu chapa… Porque nessa hora o seu ciúme, a doença, já se espalhou, contaminando até o passado dela, manchou até a infância dela. Tarde demais… E de repente cê se pega no cerne da madrugada desamassando papelzinho de fundo de caixa de tranqueiras, vasculhando fotos antigas, de antigos namorados, pra ver se o sorriso dela era mais iluminado do que nas fotos em que ela tá contigo… Dá um Google no nome desses ex todos, um bando de babacas todos eles, e começa a pesquisar sobre suas vidinhas medíocres, seus nós de gravata tortos em fotos de LinkedIn… Daí cê começa a persegui-los. É. E descobre que um deles dá uma volta no quarteirão com seu Golden Retriever todo dia às oito, e que o outro bebe demais e para o carro pra travestis depois que sai de um desses bares da moda, desses que costumam comemorar o dia de São Patrício… Você faz isso até que algum deles um dia chame a polícia ou te aponte uma arma bem no meio das fuças e te faça cometer o ato ridículo de perguntar… *(Extremamente manso e doce.)* "Foi você que deixou a Alice ou foi ela que te deixou?"… Puta que pariu. Puta que pariu.

(Pausa curta.)

Aí chega a hora em que cê é vencido pela exaustão… Cê

fica cansado, o cérebro, ele fica moído pra caralho. De tanto fabricar as verdades que não foram entregues pelos olhos – porque quando os olhos não registram, o cérebro tem mais trabalho pra fabricar todas essas verdades impostas. E cê não dorme, mesmo cansado pra caralho, cê não consegue. Mesmo ao fim de mais um dia sem encontrar absolutamente porra nenhuma...

E em vez disso te trazer algum alento, só te revolta ainda mais, te esgota ainda mais. Mesmo sem ter nada de concreto, uma certeza, uma pista que não se esfarele como um caroço de terra à menor tentativa de toque, é sempre inevitável e cada vez maior a sensação de derrota... Principalmente quando eu encostava a cabeça no travesseiro. E ficava imaginando como teria sido o começo. É, sempre foi o começo que mais me perturbou; me perturbou não, me aterrorizou, mais do que qualquer outra coisa. Quem teria se precipitado, quem teria cedido. Se ele roçou intencionalmente os dedos dela ao pegar uma xícara de café da sua mão. Se ela lançou a ele aquele olhar sonolento, como o de quem limpa os ouvidos, que, pra mim, sempre foi o auge da entrega... Se alguma vez ela... Puta que pariu... Se alguma vez ela gozou chorando com ele.

(Pausa curta.)

Foi aí que eu comecei a culpar a Alice. Por ela ter planejado tudo tão bem a ponto de não deixar nem um fio solto. Foi aí que eu passei a humilhar ela... Eu humilhava ela desde a hora em que eu acordava, quando mergulhava sua escova de dentes no vaso sanitário, depois de turvar a água com a urina mais concentrada do dia, até a hora em que eu ia dormir, quando eu rejeitava ela na cama, trocando seu corpo quente como o inferno por uma punheta tristonha, em pé, no chão frio do banheiro; gozando na cueca só pra que ela notasse na hora de colocar a roupa na máquina de lavar, no dia seguinte, e se sentisse uma merda de uma incompetente ainda maior...

Eu humilhei tanto ela. Como eu humilhei, Meu Deus, aquela mulher. Enquanto ela resistia, firme *(arremeda Alice)*: "Quando você não tava aqui, quando você tava no trabalho, era de você que a gente falava. Você sempre teve aqui, não só nas nossas conversas, você estava presente." *(Contendo o grito entre os dentes.)* "Eu não acredito nessa porra. É tudo mentira." *(Volta a arremedá-la)* "Eu te amo. Pelo amor de Deus, eu te amo. Eu não gosto quando você faz essa cara de louco, quando você fica com esses olhos injetados de Maiakovski. Pelo amor de Deus, pelo amor da nossa filha, não faz isso com a gente." *(Contendo o grito entre os dentes.)* "Você já me transformou num cara suscetível e resmungão, não queira me transformar agora num sujeito violento, sua cínica de merda". *(Pausa curta.)* Até que numa tarde de sábado, abril. Dia 9 de abril, um sábado, ela conseguiu... Eu segurei o pescoço dela. É, eu apertei a garganta dela bem assim e ergui ela um pouco... Ela ficou se debatendo por alguns instantes, como se quisesse correr no ar, sabe?... Suas orelhas transparentes contra a luz, contornadas por uma penugem branca... Aí ela foi ficando meio mole, mais pesada... Só então eu soltei ela no chão. Ela caiu como uma roupa vazia... Eu fiquei desesperado, óbvio que eu fiquei. Eu fiquei desesperado pra caralho, com o cu não mão. Pensei que ela tinha morrido, ela não voltava. Eu tentava reanimar ela, mas ela não voltava, não voltava, não voltava... E então eu disse o quanto eu amava ela, sussurrei no ouvido dela o quanto ela era importante pra mim, depois gritei bem lá dentro, ela não voltava. Eu... eu fui o sujeito mais doce de todo o mundo, mais doce, naqueles poucos minutos, naqueles poucos minutos em que ela teve inconsciente.

(Pausa.)

    Depois de tanto tempo procurando sem encontrar nada que ligasse a Alice ao Luís, eu já tão cansado de tudo, chegou uma hora em que eu até já tinha me esquecido... o que eu tava procurando. Isso já não era mais importante... Eu nem sabia mais em busca do que que eu tava. "Que que eu tô procurando mesmo?."... Independente do que fosse, o fato é que eu nunca consegui promover uma pista à categoria de prova, nunca... Foi aí que eu... eu resolvi trazer o Luís de volta... É, eu fui atrás dele... pra me desculpar pela confusão na última noite em que ele teve lá em casa e principalmente pra tentar trazer ele de volta. E assim conseguir com que os dois, próximos novamente, me dessem o que eu até então não tinha encontrado... *(Encabulado e terno.)* "Volta, cara..." "Tem cerveja na geladeira..." "Vamos lá jogar pôquer. Ficha de madrepérola é outra coisa, bem diferente de feijão..." E ele ficava me olhando, segurando a porta. Metade do rosto atrás da porta, desconfiado. Aquele mesmo olhar à espera de um trote, de quando a gente era moleque... "A Alice pediu pra eu vir te buscar..." "Mas eu já tava pra vir, mesmo se ela não..." "Ela tá esperando a gente. Ela tá esperando você." *(Pausa.)* "Nunca aconteceu nada", ele disse, ele disse de repente... "Eu sempre respeitei a sua família..." *(Grito entre os dentes.)* "Mas não devia, porra. Não devia ter respeitado nada. Devia ter feito o que tinha que ser feito, caralho. O que qualquer outro homem no seu lugar teria feito" *(Pausa. Doce.)* "A Foca, talvez a gente precise viajar, ficar fora uns quatro ou cinco dias e não tem ninguém com quem deixar ela..." "Cê precisa ver como ela fica linda com um biquíni que a Alice comprou pra ela, todo coloridinho." *(Pausa curta. Ajoelha-se e chora num desabafo.)* "Então vê se faz esse troço parar, cara. Pelo amor de Deus, faz esse troço parar... Senão eu vou enlouquecer. Eu não aguento mais, porra. Eu não aguento mais essa merda..." *(Pausa longa. Recompõe-se.)* Ele disse que era pra eu não procurar mais ele. É, ele disse isso e fechou a porta... A não ser que um dia eu precisasse de algo realmente importante, tipo um rim... Depois fechou a porta. *(Pausa curta. Tom elevado.)* "A sua chance de se vingar de mim por tudo que eu te fiz quando a gente era moleque e cê vai desperdiçar isso? Hein, cê vai desperdiçar isso?" *(Pausa curta.)* Depois a ficha caiu... Só depois eu fui entender que ele tinha conseguido. Naquele momento... Finalmente ele tinha se vingado de mim. Ali, naquela hora.

(Pausa curta.)

Um tempo depois chegou a notícia da morte dele. Parada cardíaca. Parece que ele tava empurrando um carro, tentando fazer um carro pegar no tranco e veio o baque...
Um pouco depois de ele morrer, a Alice me deixou... Ela não aguentou mais e resolveu dar um basta em tudo, depois que eu passei uma noite inteira removendo todos os tacos do chão da sala com as mãos, pra olhar embaixo, em busca daquilo que eu já não sabia mais o que era... Quando amanheceu, ela olhou pra tudo aquilo, as pontas dos meus dedos sangrando, daí ela juntou as coisas dela e foi embora levando a Foca.

(Pausa. Tom elevado.)

"Você quer liberdade, é, sua puta do caralho? Você quer se ver livre de mim pra ficar com ele, viver com as lembranças de um morto? Então vai, foda-se, some da minha frente, some dessa casa, eu não tô nem aí. *(Pausa curta. Tom baixo, de derrota.)* E quando o taxista perguntar pra onde você quer ir, diz pra ele "Ao que eu era antes"... Só não esquece de dizer isso pra ele: "Ao que eu era antes"... *(Fingindo não se importar.)* Vai, vai pra sua liberdade, volta pra ela. *(Pausa curta. À plateia.)* Todo mundo tem direito à liberdade nessa vida... Cês não acham? *(Pausa. Num rompante, segue em direção à gaiola, agitado.)* Se é assim, se todo mundo tem direito à liberdade na porra dessa vida, que que esse coitado tá fazendo preso aqui, então? Hein? Ele também tem direito à liberdade, não tem? Ah, eu acho que ele tem, sim. Claro que tem. *(Abre a porta da gaiola e enfia mão dentro, sem descobri-la. Ouvimos o ruído do bater das asas.)* Vem cá, vem, bonitão. Hoje você vai ser livre. *(Ele pega o pássaro, bater de asas cessa. O rosto dele exibe esforço, veias saltadas, rubor. Ouvimos batidas na porta. Ele retira da gaiola sua mão cheia de sangue do pássaro esmagado. Aguça o ouvido. Pausa curta. Novas batidas. Avança e recua, indeciso. À plateia.)* Minha filha?... Será que...? *(Pausa curta. Novas batidas, seu rosto se ilumina.)* Minha filha veio me visitar. É ela. *(Pausa curta. Novas batidas. Ele passa a mão pelo cabelo e pelo rosto, tentando se recompor, e suja-se de sangue, sem perceber.)* Minha filha chegou. Ela veio me visitar... Como é que eu tô? Cês acham que eu tô bem? A roupa. Cês acham que tá bom assim?

(Blecaute. Fim.)

Panero

*Escrita em 2014, em homenagem ao poeta
espanhol Leopoldo María Panero*

(Noite de inverno. Sala de apartamento num prédio localizado numa travessa da Av. Paulista. O ambiente está completamente escuro.)

RAPAZ

Até três, OK? No três eu abro a cortina e cê me fala se não é a melhor vista de São Paulo. A melhor vista de São Paulo que cê já viu na vida. Preparado? Um… dois… três. *(Luzes e ruídos noturnos, além de vento intenso, invadem a sala.* RAPAZ, *sorrindo e com braços abertos, fixa o olhar num ponto no horizonte. Aos poucos, seu sorriso se desvanece, ao passo que seus braços voltam à posição de descanso.)* Como é que…? *(Vira-se e não vê o* SENHOR, *seu interlocutor, no ambiente.)* Cê ainda taí?

*(*SENHOR, *encabulado, entra – apenas o suficiente para que uma porta pudesse ser fechada atrás dele, olhar para o chão.)*

RAPAZ
(ríspido) Viu o frio?

SENHOR
Ver o frio?

RAPAZ
Lá fora. Que tá fazendo lá fora.

SENHOR
A gente tava lá.

RAPAZ
No relógio do Itaú.

SENHOR
A culpa é minha?

RAPAZ
Não, não, claro que--

SENHOR
Me acusando.

RAPAZ
Eu?

SENHOR
"Viu a merda que cê fez?"

RAPAZ
Mérito, não culpa…

SENHOR
Como se eu fosse, sei lá, o Homem de Gelo.

RAPAZ
… pela sua resistência…

SENHOR
Só nós dois aqui?

RAPAZ
… nata.

SENHOR
   (*finalmente ergue a cabeça*) Deus?

RAPAZ
   Resistência nata.

SENHOR
   Deus...

RAPAZ
   Até porque, na sua situação, não deve ser prioridade se manter imune. Tipo, ninguém acorda embaixo de um viaduto, balança um sino e manda vir um copo de vitamina C.

SENHOR
   Eu não durmo embaixo de viadutos.

RAPAZ
   Eu sei que não.

SENHOR
   Será?

RAPAZ
   Dorme?

SENHOR
   Que você sabe... "É que eu sou um poeta, e bebo vida como os homens menores bebem vinho". Pound. Conhece Ezra Pound?

RAPAZ
　Quem?

SENHOR
　Você sabe, no máximo, que não é minha a culpa pelo frio lá fora – mas até aí tudo bem, isso é fácil. Agora, onde eu durmo, com quem eu durmo, saber dos meus retalhos, por que certas cores foram remendadas tão próximas ou tão distantes uma das outras, aí é outra história... Só nós dois aqui?

RAPAZ
　A casa é sua, fica à vontade... poeta.

SENHOR
　Mas "Um poeta latino-americano distante dos poetas latino-americanos", como disse Bolaño... É, vai ver que é por isso... Poeta tem que ser foda. Como amante precisa ser foda. É o mínimo. É o único pré-requisito de que não abro mão na hora de decidir quem vai frequentar a minha estante... ou a minha cama.

(Pausa curta.)

RAPAZ
　Deus?

SENHOR
　Acredita Nele, então.

RAPAZ
　Não disse isso.

SENHOR

A dúvida não deixa de ser uma crença; menor, mas ainda uma.

RAPAZ

Se é com ele que cê dorme. Tipo "Durma com Deus", não é o que dizem?

SENHOR

(com leve desdém) Deus… Já ouviu falar de um lugar chamado Casa Luz? É lá que eu durmo… Quer dizer, às vezes, não sempre. E como eu acho esse nome, Casa Luz, meio óbvio pra um lugar administrado por Ele, creio que é com o seu oponente que costumo passar as noites… Lá é só mais um abrigo desses da prefeitura. Praqueles que não têm pra quem voltar.

(Pausa.)

RAPAZ

Cê não tem mesmo pra onde ir?

SENHOR

Como assim?

RAPAZ

Uma casa. Pra voltar toda noite.

SENHOR

Não tá vendo a minha casa? Entre as minhas duas orelhas… E eu não disse pra *onde* voltar, e sim pra *quem* voltar. Voltar de quem se foi. Quando alguém parte, e sempre parte, não é o que resta? Retornar a nós mesmos.

(Pausa.)

RAPAZ
Uma pessoa específica, é isso?

SENHOR
Talvez.

RAPAZ
Uma mulher?

SENHOR
Uma pessoa, talvez. *(Pausa.)* Anda, rapaz, vá em frente. Te garanto que você tem mais medo de me perguntar do que eu de te responder.

(Pausa.)

RAPAZ
Você…?

(SENHOR solta uma gargalhada.)

SENHOR
Você precisava ver a sua cara agora… Olha só, digamos que eu seja masoquista com os homens e sádico com as mulheres, respondi sua pergunta?

(Pausa.)

RAPAZ
Teve uma época que o meu pai...

SENHOR
O seu pai, é?

RAPAZ
Ele ficou um bom tempo desempregado também. O Collor tinha um plano, lembra? Enfim... Uma vez, apareceram umas pessoas lá em casa pra tentar arrastar ele pra uma igreja. Falavam que a vida dele ia melhorar e tal, mas não no sentido de conseguir comprar um carro do ano, sair do aluguel – o discurso dos evangélicos daquela época ainda era meio diferente do de hoje, tipo ainda não soava como uma letra de rap. Sabe o que foi que ele disse?

SENHOR
Quem?

RAPAZ
O meu pai. É dele que eu tô falando, não é?

SENHOR
O seu pai, claro. Não as pessoas que apareceram lá.

RAPAZ
(com empáfia) "Quando eu tava bem, nem sequer me lembrei de Deus, e, agora que eu tô fodido, cês querem que eu vá atrás Dele?" *(Ri. Pausa.)* Não é que eu não acredite Nele, não é isso.

SENHOR
Agora Ele Deus, certo? Não mais seu pai nem as...

RAPAZ
Eu só acho que, no seu caso...

SENHOR
No caso de Deus?

RAPAZ
Não, no *seu* caso...

SENHOR
Eu agora, entendi, não mais seu pai ou...

RAPAZ
... por ter também aqueles que não têm uma resistência como a sua, pra atravessar noites e noites debaixo de...

SENHOR
Acho que já falamos sobre viadutos.

RAPAZ
Frio. Debaixo de todo esse frio. E umidade e escuridão. Por ter também aqueles que são frágeis demais pra suportar, acho que atribuir a Deus a autoria, pelo menos do atentado a essa embaixada específica, é, no mínimo, uma tolice, não acha, não?

SENHOR
. Acho. Claro que sim.

(Pausa.)

RAPAZ

Cê também costuma deixar recados nas paredes dos lugares por onde passa? Tipo, pros outros andarilhos que vão vir depois. Como nos livros americanos sobre a Depressão. "Boa cidade pra conseguir comida" ou "Cuidado com os cães de rua"...

SENHOR

Rapaz, deixa eu te falar uma coisa... eu já tropecei muito nessa vida, sabe... muito mesmo... Mas sempre chega a hora em que você cansa. E eu já tô bem cansado, se você quer saber... De tropeçar e cair. E da gargalhada das pessoas que o vento nunca leva. Cansado de comprar sapatos novos, achando que o problema tava no solado de um ou no bico de outro... Até o dia que eu não tinha mais o que gastar com novos sapatos... Foi aí que eu descobri que... o problema era o chão. *(Pausa.)* Mas eu nunca deixei de trabalhar, não. A minha vida toda. Sempre trabalhei.

RAPAZ

Desculpa, eu não quis dizer que...

SENHOR

Que eu sou um vagabundo? Tá tudo certo, não precisa se desculpar. Deixa isso pro McDonald's, quando inclui uma fruta como sobremesa no cardápio...

RAPAZ

Cê trabalha, ou trabalhava, do quê?

SENHOR
De tudo. Eu já fiz de tudo um pouco... *(para si)* pra não ter que ter uma porra de uma casa. *(Vai até a janela, fixa mesmo ponto no horizonte que o* RAPAZ, *no início. Pausa.)* Antigamente era a Ford.

RAPAZ
Mecânico?

SENHOR
No Conjunto Nacional. O relógio. Não era Itaú, era Ford...

(Pausa.)

RAPAZ
E se cê fosse o Homem de Gelo?

SENHOR
Eu já falei.

RAPAZ
Eu sei, mas...

SENHOR
(rude) Mas eu não sou.

(Pausa.)

RAPAZ
Eu só perguntei pra saber qual membro do seu corpo cê ia me ceder agora pra botar no nosso uísque?

(SENHOR *o encara, sério. Pausa.*)

SENHOR
   Tem um filminho aí?

RAPAZ
   Filme?

SENHOR
   Sempre ajuda.

RAPAZ
   Não prefere música?

(SENHOR *ri.*)

SENHOR
   Não leva a mal, não, mas é que só tem nós dois aqui, acho que não é o caso, né…

RAPAZ
   Entendi… Tipo Xvideos, é isso?

SENHOR
   Tipo homem e mulher.

(*Pausa.*)

RAPAZ
   Eu acho que cê tá confundindo um pouco…

SENHOR
Eu?

RAPAZ
... as coisas. É, você.

SENHOR
Talvez. Afinal, a sua coisa e a minha são idênticas. *(Ri.)*

RAPAZ
Não é isso...

SENHOR
Mudou de ideia no elevador?

RAPAZ
Até faria sentido. Luz de elevador é implacável, mas não, eu... eu só te trouxe aqui...

SENHOR
Você admite que me trouxe aqui. Porra, já é um começo.

RAPAZ
Pra tomar um banho. *(SENHOR ri novamente.)* Não, não, pra que *você* pudesse tomar um banho.

(Pausa.)

SENHOR
Ah, rapaz... Teve um tempo que o meu maior medo era que a minha busca – que deve ser bem parecida com a sua

atual –, banhada pela culpa cristã por ter cedido a todos os atalhos de satisfação imediata apresentados até aqui, eu tinha medo de que ela se tornasse eterna, sabe... Exatamente como eu via acontecer com a maioria dos meus amigos... Eu podia ver nos olhos de cada um deles, como você deve ter visto nos meus, muito antes de me abordar lá fora, toda uma resignação, todo um cansaço antecipado por um futuro que, aos poucos, ia deixando de ser incerto... Porque nada é mais óbvio do que o limitado trecho de terra em que nos permitiram circular. E eu tô me referindo àquele zoológico lá fora chamado Noite... Com seus clubes noturnos lotados, seus anjos de esquina com o zíper aberto, conferindo com a língua se seus dentes estão lisinhos... o ar eletrificado... de horror... Desde que o horror impôs ao sono de todas as noites uma tarefa dupla e impossível de ser cumprida, o sono não teve outra alternativa que não deixar de reparar o físico pra tentar repor alguma esperança... Inclusive a esperança de que numa próxima noite, mais agradável e convidativa, tudo será diferente... Daí a gente mergulha nela de novo e, ao ver que tudo foi exatamente igual...

RAPAZ
A gente volta pra casa... Só que mais derrotado e bêbado que da vez anterior... E acaba oferecendo um trocadinho pra chupar o porteiro na garagem do prédio, porque, né, de que adianta fazer ioga e não *chupar* o porteiro?

(Pausa.)

SENHOR
Você sabe quantas biografias já foram escritas sobre Frank Sinatra?... Conhece Sinatra, não conhece? Chuta um núme-

ro, um número qualquer. Das vezes que ele teve sua vida devassada por tabloides que trouxeram a público os bastidores de suas apresentações pelo mundo, quase sempre envolvidos em mal-estares regados a bourbon, mas estrategicamente abafados pra viagem, é claro, no formato de discretos incidentes aéreos e hoteleiros... Alguma ideia? Chuta quantos livros sobre ele já abordam esse tipo de... sujeira. Ou as vezes que "A Voz" teve esmiuçada a sua personalidade – das mais complexas, na minha opinião –, só porque SIM, porque os americanos adoram isso. Cristo, como os americanos adoram isso. Investigar o passado dos seus ídolos do século XX, tentando identificar microrrompimentos e desvios passíveis de serem associados a deficiências, falhas e fragilidades típicas da idade adulta. É só olhar pro que eles fizeram com Hemingway, é só olhar pro que eles fizeram com Marlon Brando. Fizeram não, ainda fazem. Desenterram quando bem entendem o corpo de quem já fez mais do que devia pela sua era, como se autópsias se tornassem mais precisas com o passar dos anos: barris de carvalho; lidam com uma alma peneirada de guerras como se lida com uma arcada dentária. *(Pausa.)* Seja lá quantas biografias tenham sido escritas sobre Sinatra, eu não acredito em nenhuma delas. Nenhuma. Não que elas sejam mentirosas, não é isso. Nunca são totalmente. É que todas essas investigações, digamos, alcoviteiras – a palavra é horrível, eu sei, mas é a que melhor define – nunca passaram de, como é que eu vou dizer... de fumaça. Fumaça vista de longe... A gente sabe exatamente por que elas sobem em direção ao céu, mas jamais saberemos de fato a sua origem. E sabe por quê? Porque não estávamos lá. *(Pausa.* RAPAZ *começa a mexer em seu smartphone, como se buscasse algo, alheio ao* SENHOR.*)* Eu não conheço ninguém, um maldito filho da puta, ninguém, nesta sucessão de dias constrangedores, que esteja interessado em incêndios que não sejam do tipo criminoso. Ou alguém interessado na arte antes do artista, o que dá no mesmo. Interessado nas aparições que Sinatra fez no cinema, por exemplo, ou no número de pessoas que a sua voz aveludada e quente arrastou ao Maracanã em 1980. Duvido... As pessoas gostam mesmo é de escândalos políticos, amorosos, sexuais, isso sim. Máfia, Ava Gardner, mais de dez banhos por dia, coleção de perucas, é nisso que elas realmente estão interessadas. No máximo que falta às suas vidas ou no mínimo que faça com que se sintam menos ordinárias. *(Pausa.)* Será que ninguém vê que nunca alguém teve ou terá acesso a uma lente posta sobre a última camada da intimidade alheia?... Hein? Não importa a versão dos envolvidos, eu tô falando do cerne, do desejo que não condiz com a ação, do real maciço, do ponto mais profundo da verdade, essa pérola que, de tão pura, nunca irá admitir sequer uma única interpretação a mais... É por isso que todas essas especulações que julgam por aí serem definitivas sobre as particularidades de alguém serão sempre, no meu modo de ver, suposições, fumaça vista de longe por um bando de senhoras e senhores desocupados vociferando em *(aponta para celular usado por* RAPAZ*)* redes sociais ou em bancadas de vespertinos programas de TV. Só isso. Fumaça. Nunca passarão disso. De fumaça.

(Pausa.)

RAPAZ
    (lendo na tela do seu celular) "Ao amanhecer... quando as mulheres comiam morangos crus, alguém bateu à minha porta, dizendo ser e se chamar Leopoldo María Panero..."

SENHOR
    Como é que é?

RAPAZ
    "... No entanto, a sua falta de integridade no desempenho do papel,..."

SENHOR
    Foi você que se aproximou de mim lá fora.

RAPAZ
    "... os seus muitos silêncios..."

SENHOR
    Me abordou, veio falar comigo, você que veio.

RAPAZ
    "... os seus enganos ao recordar frases célebres, o ar grave quando o forcei a recitar Pound,..."

SENHOR
    (aplaudindo) Ok, continua. Pode continuar.

RAPAZ
    "... e finalmente o ar pouco gracioso do seu encanto, convenceram-me que se tratava de um... impostor... Imediatamente, mandei vir os soldados: na madrugada do dia seguinte, quando os homens comiam peixe congelado..."

SENHOR
    (para si) Viado.

RAPAZ
"… e na presença de todo o regimento, foram-lhe arrancados os galões, o fecho-éclair e jogaram fora o seu… *(rindo)* batom, …"

SENHOR
Tá rindo de que, viado? Hein? Fala, viadão.

RAPAZ
"… para que fosse fuzilado pouco depois… Assim acabou o homem que fingia ser Leopoldo María Panero"… Cê deve conhecer esse poema, é claro. "A chegada do impostor que fingia ser Leopoldo María Panero", escrito por… *(cínico)* deixa eu ver aqui… Leopoldo María Panero, veja só. Morto em março de 2014, sete meses atrás. *(Pausa.)* Olha, já tá tarde, eu… eu preciso dormir.

SENHOR
Bom, eu….

RAPAZ
Você fica… Fica, caiu mais um grau, acabei de ver no relógio do Itaú… Toma um banho quente, fica… Se quiser comer alguma coisa, facas na segunda gaveta do armário. Eu vou deixar a porta do quarto entreaberta. Se precisar, já sabe, segunda gaveta do armário.

(RAPAZ *sai. Luz cai. Fim.*)

Rio Grande

Escrita em 2018

1.

(Enojado.) Uma arma na cabeça ou um pênis no ânus?... O cano de um revólver na nuca ou um pênis com baba de buldogue pendurada apontado pro seu ânus?... Como o canhão de um forte vigiando o mar. Uma pistola, uma pistola engatilhada contra a sua fronte ou uma pica tão próxima do seu cu que permita que o seu cérebro capte o mínimo pulsar e calor?... Uma pica cinzenta... destoando de um corpo branco, como que transplantada de um indiano velho, só esperando... o momento oportuno entre as contrações musculares; colher suspensa no ar até que cessasse a tosse de um bebê. Um revólver, de brinquedo, pressionado contra a sua testa, a ponto de deixar um anel desenhado na pele, ou um caralho diante do seu anel projetado pra esconder o avesso do dedo da luva?... Aguardando a distração dos holofotes, o ponto cego entre as piscadelas, até finalmente penetrar o seu porão mais íntimo, a cauda da garganta, abalando as paredes do seu túnel revestido de língua de gato com a sutileza e o romantismo de uma britadeira.

2.

(Amistoso.) Impressão minha ou há mais portugueses do que de costume por aqui hoje? Eu já tinha reparado na presença deles quando vim pela primeira vez, mas hoje eles parecem estar num número ainda maior, o amigo não acha? Se continuar assim, logo serão a maioria. Já vi também alguns italianos, espanhóis e até um americano meio deslocado, mas nada se compara aos portugueses. Antes, eu pensava que era pelo motivo mais óbvio, mas segundo um deles não é só pelo idioma não, muito menos saudades da colônia. Parece que lá em Portugal não existem salas pra cornos na internet. É natural que eles migrem por sobrevivência, como todo animal. Quer dizer, naveguem. Ou continuem navegando. Até aqui. O que significa que, agora, além de samba, carnaval, futebol e bunda, também passamos a exportar chifres. *(Ri.)* Os escandinavos que se cuidem.

3.

Digamos que… no lugar de bananas, eu tenha oferecido bombons… aos chimpanzés… de licor. Na verdade, não eu, eu pedia pra minha filha fazer isso. Ela ainda não tinha ido a um zoológico, lá no sul esse programa nunca saiu da promessa. Então eu… Não que aqui, aqui em São Paulo, morando ao lado do Cemitério da Quarta Parada, o acesso ao zoológico seja mais… Ela só se aproximava da jaula, jogava a isca e eles vinham buscar, só isso. Eles gostavam… Ela também. Claro, ali, vendo aqueles animais ao vivo pela primeira vez… Uma experiência e tanto pra uma garotinha de 12 anos de idade, o senhor não acha? *(Pausa.)* Depois que eu percebi que eles gostavam, que eles apreciavam bombons, eu passei a voltar mais vezes. Sim, com ela, mais vezes… até se tornar um hábito… e a gente passasse a ir diariamente. *(Pausa.)* Assim que eles percebiam a nossa chegada, falo dos chimpanzés, um deles já se apresentava, provavelmente o macho alfa, pra ganhar um bombom. Ele sabia… Depois ele saía correndo, exibindo a guloseima como um troféu ao resto do grupo, que logo se aproximava também, um por um, pra receber a sua pelota de sementes de cacau e açúcar… e álcool… Eles ficavam contentes. Tão contentes que ficavam em pé e faziam do peito tambor como o mais destemido dos homens… Eretos como guerreiros e… caindo feito patinhos.

4.

A sua já abriu. A sua webcam já abriu, e a minha? Tá me vendo bem? Não? Será que é o sinal? Vamos fazer o seguinte, vamos fechar a cam e abrir novamente. Deixa que agora eu faço a chamada, OK? E agora, o amigo consegue me ver agora? A sua já abriu e a mi... *(Para si, decepcionado)* desligou.

5.

Teve um dia, debaixo do mesmo céu que tá lá fora, só que na metade do século 19, em que havia um mineiro bêbado vagando pelos bares de São Francisco, nos Estados Unidos. Ele se gabava por estar usando, segundo ele, a calça mais resistente já produzida no velho oeste. Ela tinha sido confeccionada por um judeu alemão com o molde das primeiras calça usadas por marinheiros italianos do século 16, só que com um tecido mais resistente; uma lona marrom que até então era utilizada pra cobrir carroças e barracas.

6.

Mas o amigo já teve mesmo experiências com outros casais? Tô perguntando porque os poucos comedores que já conheci aqui na Internet – não sei se é assim que o amigo prefere ser chamado; alguns preferem "sócios", mas a maioria prefere "comedores" –, eles diziam que sim, que já tinham tido experiências... e que só tavam atrás de novas aventuras porque os casais com que mantinham relações íntimas até então tinham precisado se mudar pro interior do estado, todos pro interior do estado, sempre pro interior.

7.

Por quê? Enganar, ora. Quem? Deus. Enganar Deus. Mas não Deus como justiça, que fique claro. Nem a divina, tampouco a praticada aqui embaixo, que seria bem mais fiel se fosse representada, no lugar de uma balança de pesar batatas, pela guilhotina de um ilusionista... Me refiro a Deus como Natureza – sabia que chimpanzés são capazes de reconhecer o próprio reflexo no espelho? –, a tudo cuja criação não foi superfaturada pelo homem. E se me refiro a Ele como tal – se vejo Ele dessa forma, pelo menos nesse meu caso específico –, se enganei alguém foi a Natureza. Ela, não Ele. A Mãe solteira, não o Pai ausente... Menos arriscado do que driblar a morte, eu diria, e muito mais compensador, por incrível que pareça, posso garantir... Tudo que eu fiz, se é que realmente cometi um crime tão grave a ponto de ser arrancado da minha própria casa no meio da noite e conduzido a uma delegacia, onde nunca havia colocado os pés antes... foi pra tentar driblar a Natureza, trapacear com Ela... Não é desse tipo de trapaça que vivem os cientistas?

8.

A sua já abriu. A sua webcam já abriu, e a minha? Tá me vendo bem? Não? Será que é o sinal? Vamos fazer o seguinte, vamos fechar e abrir novamente. Deixa que eu... *(Bufa.)*

9.

Apesar de mais grosso que esse jeans que eu tô usando – afinal, o primeiro jeans da história tinha que dar conta do trabalho duro nas minas em plena corrida do ouro –, não demorou muito pra que começasse a exibir as chagas adquiridas nas escavações... Impossível mergulhar no que quer que seja, até mesmo numa piscina de bolinhas, e emergir o mesmo, ileso, o senhor concorda comigo? Chagas que a indústria da moda atual vive tentando reproduzir, cobrando muito caro por isso, apesar de nunca ter conseguido de fato; pelo menos não com uma fidelidade convincente. E a prova disso é a quantidade de colecionadores leiloando na internet jeans que afirmam ter pertencido a mineiros do século retrasado. Aonde eu tô querendo chegar?

Que tipo de gente, me refiro à maioria, que frequenta academias de musculação hoje em dia? Não seriam engenheiros da computação, bancários, gays e toda a sorte de sedentários que almejam, com uma disposição budista, ganhar músculos de estivador? Mesmo passando a maior parte do tempo batendo fotos de si mesmos diante do espelho, não é pra isso que eles tão lá, pra combater a flacidez e recuperar o mínimo de enrijecimento muscular capaz de aludir a uma bravura perdida há tempos? Bravura essa que todos nós fomos perdendo por conta das facilidades e comodidades que foram se apresentando durante o nosso processo, entre aspas, *evolutivo*.

10.

Mariana o nome dela. Loira, trinta e dois anos, seios naturalmente firmes, enfim, uma gaúcha com tudo aquilo que os outros estados até oferecem como acessórios, só que de fábrica; inclusive olhos da cor perfeita praqueles dias em que bate aquela saudade do mar do Caribe, se é que o amigo já visitou o Caribe... Somos casados há três anos, então acho que não preciso mencionar que somos iniciantes, o que descarta automaticamente qualquer possibilidade de um primeiro encontro numa casa de swing ou algo do gênero. Não, não, a ideia não partiu dela, a ideia foi minha. Mas é claro que ela já foi comunicada, óbvio que sim, meio que de raspão por enquanto, mas sim. Tô indo com calma, sabe, tentando convencer ela aos poucos, pra não correr o risco de ficar voltando casas ou, na pior das hipóteses, retroceder ao ponto de partida; eu tenho me empenhado pra valer nisso... Se bem que... se eu dissesse ao amigo que ela foi receptiva à ideia de dividir a nossa cama com um estranho de meia-idade, eu estaria mentindo. Mas, por outro lado, ela também não se negou... Sabe o que ela já chegou a me confessar, depois de umas doses extras de vinho? Que até toparia com um desses garotões de academia de musculação, desses movidos a inhame e batata doce. Mas já deixei bem claro que, dessa forma, nada feito. E antes que o amigo pergunte, e eu sei que vai, não é insegurança da minha parte, não. Absolutamente. Confio no meu taco... O problema desses garotões é que, se você perguntar a algum deles se ele já fez DP, é capaz de ele citar as matérias em que ficou pendurado na faculdade. Ah, não, prefiro lidar com homens maduros, bem resolvidos emocional e financeiramente; homens como eu, enfim. Claro, exatamente por isso, tá vendo? Muito mais discretos, responsáveis, ainda bem que o amigo me entende. A minha profissão não admitiria um vacilo sequer. O mínimo deslize seria fatal... Médico? Não. Que isso, um deputado, eu? Metrô. Manutenção. Digamos que enquanto o amigo dorme, eu trabalho. Só espero que o amigo faça o mesmo quando eu estiver dormindo. Ou fingindo que estou.

11.

Eu nunca tive a intenção de infringir a lei. Nunca... Embora, vá lá, isso tenha me ocorrido, sim, um dia, a constatação da possibilidade de haver um sentido mais elevado num ato tão... um ato que *agora* pode até soar meio... vil... Mas aí já era tarde, eu já tava envolvido até o peito, exatamente naquele ponto em que a carga estimulante da novidade tinha se tornado leve, boa parte da culpa devidamente dispensada pelo caminho. E eu lá, completamente tomado, encantado, fascinado pelo balé amador que compõe os pactos escusos. A sua já abriu. A sua webcam já abriu, e a minha? Tá me vendo bem? Não? Será que é o sinal? Vamos fazer o seguinte... *(Irritado, para si.)* Porra!

12.

É claro que as mulheres também foram afetadas. Não teria como ser mais um privilégio masculino. Elas também evoluíram, não há dúvida, e devem continuar se gabando por isso, sim, e com toda razão... Desculpa... O problema é que... apesar de tantas mudanças até aqui... elas nunca conseguiram deixar de esperar de nós, debruçadas na janela, a tal bravura que fomos perdendo com o tempo, essa é que é a verdade... Assim como nunca deixamos de cantar, saudosistas como beduínos em volta da fogueira, aquela delicadeza específica delas: a que só germina no desamparo... e que elas tanto insistiram e insistem em perder ou ocultar, e pode colocar alguns séculos aí nessa insistência tola... É como se, com o tempo, nós, homens, fôssemos perdendo a bravura, e as mulheres, a delicadeza... Mas de uma forma deliberada e cínica no caso delas... apostando que um dia se tornariam merecedoras da nossa bravura perdida... a mesma que hoje ninguém tem a mais vaga ideia de onde é que foi parar. *(Pausa.)*

13.

Outro dia a gente tava fazendo amor e... sabe o que eu falei pra ela? Eu sussurrei no ouvido dela que eu tinha dado uma cópia da chave de casa pra um colega do trabalho. E que, naquele momento, ele tava do lado de fora do quarto provavelmente se masturbando enquanto observava a gente pela fenda da porta que eu tinha deixado entreaberta. O que o amigo acha? Gozou feito uma louca, chegou a urrar até. Ei, mas calma aí, não é assim, não sei se ela toparia, assim, agora, não é assim que funciona. *(Pausa.)* Tudo bem, vai, como o amigo me parece ser o que eu ando procurando, vamos fazer o seguinte: assim que ela sair do banho, eu dou uma foda bem gostosa com ela, com a webcam ligada, sem que ela saiba, o que o amigo acha da ideia? Eu sabia que o amigo ia gostar. Eu sabia. Antes, dá só uma olhada nessa outra foto que eu tô enviando. Tirei no quarto de uma pousadinha que a gente ficou em Boiçucanga, na Páscoa. Claro que é a Mari. É que nessa foto ela tá bronzeada, mais magra. Ela tá de trança porque viu numa revista feminina que tudo o que uma mulher precisa pra manter um casamento é fazer uma trança e raspar a buceta... O amigo gosta assim, é?... Depiladinha... Bem infantil mesmo?...

14.

Pensando bem, creio que chamar de constatação a caída de ficha pra um feito desse porte seja simplista demais... Talvez o correto seria... iluminação. Dessas que só são possíveis de se atingir na mais solitária das peregrinações. Ou nos mais longínquos exílios... Sei que agora até pode não parecer, olhando assim, mas... eu não premeditei nada, não, senhor. Eu nunca tive sequer um objetivo claro. Não consciente pelo menos... Tudo aconteceu de modo muito natural: a curiosidade se tornando um hábito e, consequentemente, um vício... Até que o amanhã, que até então era representado por um paredão de névoa espessa, finalmente foi dissipado pelos raios solares, revelando, aos poucos, a mais vasta e calma das praias... Só que no lugar da areia fina e branca... borra de café.

15.

A sua webcam já abriu, e a minha? Você tá me vendo bem? Não? Será que é o sinal? Vamos fazer o seguinte, não, não, por favor, não desliga. *(Exibe irritação com um soco no ar, segue indignado.)* Eu nunca me deitei numa cama com um homem! Se é isso que o senhor tá tentando insinuar, eu nunca dei o rabo. Eu jamais daria o cu pra um viado. Nem nessa vida nem em todas as outras prometidas pelas religiões existentes no mundo somadas. Nunca! *(Pausa.)* O que eu não contava... era que essa minha postura... meio Winston Churchill diante das tropas alemãs, essa minha oposição a ter o meu reto invadido pelas mais variadas extensões e espessuras de canos inimigos... seria vista como um crime... Quando é que eu ia poder imaginar que me recusar a isso me renderia – no início de uma chuvosa noite de um sábado deste maldito século 21, enquanto as pessoas lá fora entram e saem de cinemas e restaurantes, museus e metrôs –, quando é que eu poderia imaginar que, ao me negar a entregar o que é meu, só meu, portanto não pertence a mais ninguém, só a mim, a mais ninguém porque é meu, só meu, quando é que eu poderia imaginar que isso me renderia um chá de cadeira numa delegacia? *(Pausa.)* O problema são esses corredores aqui... Esses corredores vazios e cheios de... gritos... O senhor também consegue ouvir?... Mais gelados que corredores de hospitais públicos da periferia da periferia da periferia da perife...

16.

Ele é péssimo com essas coisas de Internet, um desastre. Sim, ele já avisou que você vai vir jantar aqui em casa, pode me chamar de Mari. Salvador? Muito calor aí em Salvador? Aqui em São Paulo não muito. Conheço, claro, amo a Bahia. A última vez que estive aí foi na Praia do Forte, um Réveillon, mas faz alguns anos já, tipo banner do Itaú sustentado por um tronco, enfim, tudo ainda muito rústico. Não sei quão Búzios tá agora, mas torço pra que as tartaruguinhas estejam bem, elas estão?… Você acredita que, na ocasião, fomos a um restaurante e nos sentamos à mesa que havia sido deixada adivinha por quem? Pelo Sting. Sim, o cantor, ele mesmo. Não, claro, vamos testar a câmera agora. Minha roupa? Short e blusinha de ficar em casa, por quê? Não, sem, é que em casa eu não uso… Claro, pode fazer a chamada. A sua já abriu. A sua webcam já abriu, e a minha? Você tá me vendo bem? Não? Será que é o sinal? Vamos fazer o seguinte, então, não, não des… *(Tentando disfarçar a irritação.)* Olha, eu não sei o que tá havendo, esse notebook é da minha filha, vamos fazer assim: você espera ela sair do banho e eu peço pra ela ver por que essa webcam não tá abrindo, tá bem? Nada, adolescentes entendem disso muito melhor do que a gente, resolvem num instantinho.

17.

Se o senhor acha que não há nada de grandioso em tudo isso, só o oposto... que tal um homem... um homem, sim... adquirindo a justa medida e a plena consciência de si mesmo?... Porque, olha, o senhor vai me desculpar, mas menos do que isso não vai dá pra ser, não... Do menino assustado, lá atrás, de andar combalido numa manhã de inverno cortante a caminho da aula, encapotado feito uma cebola, e não encorpado e orgulhoso por isso, veja bem, mas achatado e tímido por isso... Passando pelo adolescente tomando fôlego e impulso exatos pro salto triunfal que culminaria numa aterrissagem certeira no xis de uma juventude tão labiríntica quanto radiante... com direito a uivos, uivos da mais maciça alegria lançados do teto solar, a duzentos por hora, de uma Marginal Pinheiros riscada de luzes, quatro da manhã... Uivos que seriam levados, enquanto devidamente equalizados, ao sabor do vento... até que adquirissem, aos poucos, pelo caminho, sabe-se lá por que, a mais lamuriosa das cargas e se chocassem, aveludadamente porque já quase fúnebres, contra a placa de entrada de uma cidade vizinha, dessas que te recebem com uma placa de "Bem-vindo à Vida Adulta"... E justamente no dia mais importante que todo mundo tem na vida, o definitivo, o dia do lançamento do foguete planejado e construído pra descobrir e catalogar uma nova estrela.... E que, logo depois de ser lançado, se limitou a subir apenas alguns metros e retrocedeu, de bico, abrindo uma cratera na grama do jardim daquele menino tímido lá, o menino-cebola que... agora... já um senhor, até então dos mais respeitados da região, mas que por conta desse único deslize – desse só, o foguete, o único, em toda uma vida, o senhor tá me entendendo? – passou a carregar, aonde quer que vá, a honra e a credibilidade de um lacre violado. *(Pausa.)* Até que um dia cê tá parado... esperando o farol abrir pra poder atravessar uma rua... e, ao olhar pro lado, percebe que, esperando também, tem uma garotinha de o quê? Uns 12 aninhos...

"Oi, moço, a minha mãe falou que a câmera do meu notebook não tá funcionando. Ela me mandou tentar consertar. Bahia? Não, eu nunca fui à Bahia. Sabia que fui eu quem conseguiu consertar na outra vez que deu problema? Não, eu não conheço a Bahia, já disse, eu nunca fui à Bahia, eu só sei consertar a câmera do meu notebook."

Você olha bem pra ela e percebe que, abaixo do seu queixo, que se movimenta em círculos, amaciando um chiclete aparente pela fenda que se forma no canto da boca, abaixo dos raios exagerados pela mastigação grosseira, atrás do escudo escolar impresso na sua camiseta... os peitinhos... os peitinhos, eles... já começaram a brotar... Ainda sob a forma de um inchaço, claro, facilmente confundido com mera defesa do organismo tentando expelir um corpo estranho, mas...

"Moço, mas aqui não aparece aquele tracinho, sabe? Sabe aquele tracinho vermelhinho, tipo o que aparece atravessado na frente daquelas caveiras em frascos de veneno em desenhos que passam na TV, só que em cima do ícone da câmera, indicando que ela tá com algum problema, sabe aquele?"

Auréola provavelmente de um rosa aguado, mamilos ainda achatados, não protuberantes... enfim, seios que não chegam a ser seios, por ainda estarem longe daquela base arredondada que se ganha com o peso da última parcela de hormônios devidamente entregue.

"Meu nome é Bruna. Desculpa eu não ter me apresentado ainda, não é falta de educação, não, eu só esqueci. Eu? Tenho 12, e você?"

E na tentativa de dissipar o paralelo involuntário que o seu cérebro faz entre aqueles peitinhos e goiabas verdes, você desvia o olhar que, apesar de ter sido capaz de registrar tantos detalhes, durou segundos, alguns segundos apenas, nada mais que isso, e passa a observar os automóveis... como se tivesse diante de uma entediante partida de tênis.

"Ai, eu esqueci, eu esqueci que você mandou eu te chamar de tio, não de moço, como eu sou burra! Eu posso convidar você pela câmera, sim, tio, pra fazer um teste, mas me dá um minutinho só, tá? Eu só preciso vestir uma roupa, porque eu acabei de tomar banho e só deu tempo de vestir a calcinha."

Muitos carros buzinam, muitos, muitos carros, buzinando, muitos, quase todos... Alguns em forma de soquinhos, outros, naquela esticada única, todos buzinam... E essas buzinadas – o senhor sabe, delegado – não são exatamente pro carro da frente, o farol ainda longe de pular pro amarelo... Alguns motoristas, os mais audaciosos, chegam até a colocar a cabeça pra fora da janela e serpentear a língua. Vem cá... foi o cinema que inventou a colegial de sainha plissada e marias-chiquinhas, ou... foi a colegial que inventou o cinema?

"Prontinho, tio, eu já coloquei a minha roupa. Agora a gente pode testar a câmera. Como assim se eu já me toquei? Já, sim. Mas foi só uma vez. É, com o dedo. Eu esfrego o dedo no carocinho do xixi, é gostoso. *(Zero disfarce.)* Parou, ei, não. Peraí, não, não é isso. Não é isso, amigo, não é nada disso.. Eu quero os olhos, não quero ver o seu... Ei, são eles que eu quero, os seus olhos. Me escuta, amigo, não é isso. Não é nada disso... Seus olhos... Eu quero olhar nos seus olhos, para com isso... Me dá seus olhos, vai, levanta essa câmera... Seu rosto. É o seu rosto que eu quero. Os seus olhos desmaiando, a sua boca se contorcendo pra não cravar os dentes bem fundo no lábio inferior, a sua boca tentando dar conta da respiração alterada, descompassada, tentando dar conta de tudo, tentando conter a máquina, é isso que eu quero de você, só isso... *(Suplica.)* Os seus olhos, vai... Por favor... Dá eles pra mim, dá. Só os olhos. Eu não quero ver o seu pau, vê se levanta essa câmera e OLHA PRA MIM! *(Pausa longa.)*

18.

(Recomposto.) Eu sei que o senhor deve tá me achando um... bosta... Acertei?... É, mas eu não sou, não. Eu posso me considerar qualquer coisa nessa vida, menos um bosta; eu não sou tão vaidoso... No máximo, um ilusionista... Pode ser?... Um ilusionista, que tal? Com alguns truques de loja na manga... Hein?... Alguns truques capazes de fazer com que alguns pobres coitados acreditassem que finalmente tinham encontrado um pouco de... amor... nesta terra devastada, nesta vida miserável, só um pouco... de amor... Talvez até numa destas noites chuvosas, como a de hoje, em que a vida deles dependia só disso, quem é que pode saber?... Ilusão ou milagre, pouco importa, porque uma ilusão não tá nem aí se vai conseguir convencer como verdade, ela quer mesmo é convencer como milagre... E o senhor, delegado, sabe disso... tanto que eu tô aqui, não é?... Ou não tô?... Tô sim. E eu só tô aqui – quem é que pode saber? – porque o senhor, talvez, um dia... esteve do outro lado da minha tela. *(Pausa.)* Bem, acho que eu já disse tudo o que eu tinha pra dizer... Eu só queria esclarecer que não foi covardia da minha parte, mas o contrário... A verdadeira coragem, a genuína, a bravura genuína, ela brilha no enfrentamento, quando o enfrentamento pode ser evitado ou... somente quando não há outra saída?

Blecaute. Fim.

David Foster Wallace

*Escrita em 2009, em homenagem ao escritor
americano homônimo*

(Sala de casa humilde. FILHO *lê um livro, sentado numa cadeira ou poltrona, um copo de água ao lado. PAI vem do quarto.)*

PAI
    E sua mãe?

FILHO
    (sem desviar da leitura) Vou saber?

PAI
    Não tá no quarto, ela saiu?

FILHO
    Não vi, saiu?

*(*PAI *arranca o livro das mãos do* FILHO *e olha a capa.)*

PAI
    Literatura de macho *(atira o livro ao longe)* que gosta de outro macho.

FILHO
    A biblioteca municipal pode cancelar a minha carteirinha por isso, sabia?

PAI
    Faz tempo que cê chegou?

FILHO
    O fato dela não tá aqui não compromete nem um pouco a minha condição de filho; já a sua, de marido...

PAI
Não quer colaborar, então cai fora, vai. Vai pra rua puxar seu fumo, dar o rabo, faça o que cê quiser, mas some da minha frente. *(Pausa.)* Taí ainda?

FILHO
Viu meus fones de ouvido?

PAI
Enfiei no meu cu.

FILHO
Pode devolver?

PAI
Vem cá, não tá dando pra entender que eu quero ficar sozinho pra pensar um pouco? Com você por perto fica difícil. É como ver uma apresentação da filarmônica ao lado de um surdo, entende? A gente se sente culpado pelo privilégio.

FILHO
No seu lugar, eu teria medo. Vai que cê dá de cara consigo mesmo, já pensou? Que que cê ia fazer se isso acontecesse, hein? Ia se dar um abraço? *(Pausa curta.)* É, acho que nem eu daria um em mim…

PAI
Se ela deixou algum recado, um bilhete, qualquer coisa, acho que essa é uma boa hora.

FILHO
   Tentou a casa da Cida?

PAI
   Sempre foi louca pra dar pra mim, mas atravessa a rua quando me vê, vai entender.

FILHO
   É pra lá que ela sempre vai quando cê machuca ela.

PAI
   Como é que é?

FILHO
   Eu nunca vi ela brincando de parar o ventilador de teto com o rosto.

PAI
   Ela já se diverte bastante me desmoralizando por aí. *(Para si.)* Puta do caralho. *(*FILHO *o encara por um tempo.)* Que que é? A mãe dela era puta, a mãe da mãe dela, sua bisavó…

FILHO
   A monarquia faliu faz tempo.

PAI
   Dinastia. Uma dinastia de putas. Mas pra você ela é uma puta mãe, né? *(Aproxima-se do* FILHO. *Pausa curta.)* Não gostou? Então defende ela. *(Abre os braços de uma vez,* FILHO *coloca o braço na frente do rosto para se defender do que pensava ser um golpe.)* Tô aqui, machão, defende ela. *(Após pegar no*

queixo do FILHO.*)* E vê se protege esse queixo, já te falei isso mil vezes. *(Afasta-se. Pausa.)* Ontem, quando eu fui buscar meus sapatos que tinha deixado pra consertar no sapateiro, quando eu tava voltando, li no jornal que embrulhava os sapatos um troço que me deixou bastante intrigado... Parece que pesquisadores descobriram que, nos primórdios da civilização, o homem não era assim, digamos, tão valente, como se supunha. Na verdade, apesar daqueles músculos e pelos todos, o homem não passava de um... oportunista... Um leão ia lá, matava uma veadinho, comia até se fartar, e quando ia dormir o seu sono merecido... o homem entrava em ação e comia as sobras... Cê sabia disso?... Não reparei na data do jornal. Nem sei se é uma descoberta recente. Mas fiquei muito despontado com essa história. Tô me sentindo traído, pra falar a verdade, sabe. Eu fui criado pra repetir esse tipo de comportamento, pô. Se a sua mãe ouve um barulho na cozinha, no meio da noite, quem é que tem que levantar pra ir ver que não tem nada lá?... A nossa coragem nunca foi uma repetição genuína, essa é que é a verdade. Você também não se sente traído? *(Encara* FILHO *com repugnância.)* Nem um pouco, né? Claro, eu já devia imaginar. *(Aproximando-se do* FILHO *novamente, que não se defende e nem o encara, e falando próximo ao seu rosto.)* Você é a maior evidência de toda essa merda, sabia? Eu só quero que cê saiba que esse jornal me levou à origem de tudo. E eu não tô falando de Darwin e essa merda toda, não. Eu tô falando de covardes como você. Agora eu sei que, enquanto os espermatozóides valentes lutam pra fecundar o óvulo, os caguetas – e é aí que merdinhas como você fazem a coisa toda parecer tão suja – se aproveitam do caminho livre e finalizam o serviço.

FILHO
Por que que cê não gozou fora, hein?

PAI
Quê?

FILHO
Deixa eu te falar um negócio: eu nem sequer bati a minha cauda.

PAI
Que que cê tá falando?

FILHO
Como os outros. Pra nadar mais rápido. Foi tudo culpa daquele maldito óvulo. Ele que veio na minha direção.

PAI
Fumou cocô?

FILHO
Não, porque, do jeito que cê falou aí, até parece que eu lutei pra tá aqui, pra ser seu filho. *(Bebe um gole de água e segue tamborilando a água do copo que espirra em seu rosto.)* Eu tenho que nadar forte. Porque eu sou um espermatozóide cuzão e preciso aproveitar o caminho livre. Eu preciso ser filho desse cara. Eu tenho que ser filho desse cara. Porque ele é um escritor fodão, e eu vou crescer numa casa que vai tá sempre cheia de artistas e intelectuais falando mal de outros artistas e intelectuais, e eu vou viajar o mundo inteiro, um Nobel aqui, um Pulitzer ali, visitas a Philip Roth pra falar das maravilhas da

vida pós-Viagra. *(Atira o copo ao longe e ajoelha-se, de olhos fechados, erguendo as mãos aos céus.)* Obrigado, Deus. Obrigado. Obrigado por fazer de mim um sujeito tão... tão... *(Abre primeiro um olho, depois o outro, dá um tapa no ar e se recompõe.)*

PAI
Terminou?

FILHO
Daí eu chego aqui e... dou de cara com um escritor, sim, mas que ultimamente não tem feito nada, a não ser ficar lendo pela Internet as primeiras páginas dos livros que a Amazon dá de lambuja. Ou questionando garçons porque não teve um atendimento preferencial, e provavelmente a si mesmo, por sua obra não ter lhe dado direito a isso. Por que que cê não gozou fora, hein?

PAI
Por que que cê não vai à merda?

FILHO
E algum dia eu já tive em outro lugar? A gente já teve?... Era só uma bombada mais larga pro pau escapar no final e tava tudo certo, eu não teria passado de uma mancha discreta no lençol.

PAI
Até parece que cê não conhece sua mãe.

FILHO
 Que que tem ela agora?

PAI
 Sempre quis tudo. Até um filho. Eu só não podia imaginar que...

FILHO
 O quê?

PAI
 Você.

FILHO
 Eu?

PAI
 É. Tão diferente de mim.

FILHO
 Mas a gente é tão parecido. Você é uma merda de pai; eu, uma merda de filho.

PAI
 Escuta aqui, moleque, disso cê não pode me acusar, não.

FILHO
 Não foi você mesmo que falou em dinastia?

PAI
 Eu nunca fui um merda. Nem como marido, nem como escritor, nem como pai.

FILHO
   Em vez de escrever, preferiu me perseguir. Só essa escolha já compromete o escritor e o pai.

PAI
   E por que que cê não preferiu as garotas, porra? Hein?... Teria evitado tudo isso. Por que que cê não simplificou a minha vida?... Seria tão mais fácil com elas. As da sua idade, por exemplo, é só diminuir a luz, por Hotel Cafornia pra tocar, que se faz o milagre, o milagre do arreganhamento de pernas... Elas vão se abrindo, lentamente, como um alvorecer... Mas não...

FILHO
   É por isso que cê me odeia tanto?

PAI
   Essa foi a minha última alternativa. Ou tentativa, sei lá. E pro seu próprio bem.

FILHO
   (rindo) Pro meu próprio bem?

PAI
   Não sei se cê já reparou, mas os que deixaram a porra de um "eu estive aqui" bem grande no muro da história foram justamente os alvos do tal ódio paterno... Kafka, por exemplo. Até aquele garoto das letrinhas miúdas, que todo jovem escritor tenta imitar, David...?

FILHO
    Ele se enforcou.

PAI
    Já?

FILHO
    Ano passado.

(Pausa curta.)

PAI
    Agora vai lá na casa da Cida. Avisa sua mãe que eu já voltei.

FILHO
    Ele se enforcou, ouviu o que eu disse?

PAI
    Ela não tá lá, né? Claro, cê não seria tão legal assim comigo.

FILHO
    E algum dia cê foi comigo?

PAI
    Queria o quê? Ter ido pra Disney, porra? Pra ficar ainda mais frouxo?...

FILHO
    Eu só queria ter visto alguma coisa, qualquer uma, pelo seu ponto de vista... E que cê tivesse me ensinado a guiar carro.

PAI
  Eu te ensinei coisas mais importantes.

FILHO
  O quê?… Fala uma… Cê não me ensinou porra nenhuma. Tudo o que eu sei, aprendi na rua.

PAI
  E quem é que deixava o portão aberto? Hein? Quem é que deixava a porra do portão aberto, me fala?… Enquanto os outros garotos da sua idade não podiam nem tirar os chinelos, cê vivia correndo pra cima e pra baixo com a tampa do dedão pendurada. Enquanto os outros garotos tinham que tá limpos e jantados às oito da noite, o seu limite era o guarda noturno, que *eu* pagava pra te botar pra dentro, nem que pra isso ele tivesse que te apontar uma arma, caso cê relutasse… E o que que adiantou? Porra nenhuma. Não adiantou porra nenhuma… Cê acha que nas minhas noites de insônia – que não são poucas – eu não me pergunto onde foi que eu errei?… Agora fala há quanto tempo ela saiu pelo menos. Isso não vai me levar até ela…

FILHO
  Há menos tempo do que a lei precisa pra reconhecer como desaparecimento. Isso ajuda?

PAI
  Ela me deixou?

FILHO
  Ela só não tá aqui agora.

PAI

Eu não consigo entender. A gente só discutiu. Daí eu saí pra dar uma volta, mas desisti logo na esquina e voltei. Ela disse alguma coisa?... Fala, caralho. Fala qualquer coisa.

FILHO

Cê machucou ela de novo.

PAI

Ela disse isso?

FILHO

Eu vi a boca dela toda estourada... Depois eu que sou o covarde aqui.

(Pausa curta.)

PAI

Às vezes, acontece de cê pedir pra uma mulher ir embora... sem usar as palavras. Na hora cê esquece que há uma técnica pra fazer isso sem demonstrar que, na verdade, cê quer mesmo é que ela fique. Mas de um jeito diferente, do seu jeito... E isso acaba fodendo com tudo porque, percebendo que cê tá vulnerável, aí é que ela vai embora mesmo, mulher é foda, nisso cê tá certo... E, além de ela não ter ficado do jeito que cê esperava, do seu jeito, você acaba culpando ela por mais uma coisa, uma segunda coisa: por ter ido... Dá pra entender? Sendo que foi você mesmo que quis que... Cê já amou alguém?

FILHO
Sei lá. Talvez. Alguém que não tenha estragado tudo me amando primeiro...

PAI
Quando eu conheci a sua mãe, ela trocava umas cartas aí com outros caras. Todos presos. Condenados. Por crimes bem feios... Ladrão de banco era um panaca pra ela, um intelectual, afinal, ele tinha que usar a cabeça, precisava pensar... Ela gostava mesmo era de estuprador, assassino em série, só gente boa. Gente que, por nunca ter conseguido trancar a porta do porão, já nem tentava mais... Cê devia era me agradecer, isso sim. Eu ajudei ela a enfrentar o inimigo que ninguém vence.

FILHO
Qual deles?

PAI
O pior, o próprio instinto... Se não fosse eu, provavelmente cê taria lendo essas poesias aí que você gosta sob a luz quente de algum randevu. *(Pausa.)* A primeira vez que eu olhei pra ela... eu não pensei essas coisas que todo mundo pensa: "puta gostosa", "que bucetão da porra", não... Eu só olhei pra ela e pensei: essa mulher poderia me destruir... É, eu reconheci isso nela... E eu vou te falar, pra mim isso não representava perigo nenhum, pelo contrário... Vinte anos depois e eu ainda tenho medo de que algum daqueles presos das cartas hoje teja solto por aí e tome ela de mim... E o medo... e o amor, tudo... tudo ainda é tanto e tão vivo... vinte anos depois... que, às vezes, eu... eu acabo exagerando... quando a gente se beija e... e eu acabo mordendo, mas só um pouco, bem pou-

co... os lábios dela... Eu nunca bati na sua mãe, não. Eu juro. Eu nunca sequer levantei a mão pra ela.

(Pausa.)

FILHO
   Eu preciso mijar.

PAI
   Tem alguém te segurando aqui?

FILHO
   É que eu tô com medo... Na verdade, eu tô apavorado... Acho que eu peguei um troço esquisito... no meu pênis... *(PAI olha para ele.)* Hoje de manhã parecia que eu tava mijando cerol, saca, ardeu pra porra... Pensei em cálculo renal, infecção urinária, mas tá saindo um líquido estranho. Tipo aquilo que sai primeiro de um tubo de mostarda velha quando cê espreme sem agitar antes. É bem nojento...

PAI
   Abaixa a calça aí, vai.

FILHO
   Quê?

PAI
   Deixa eu dar uma olhada.

FILHO
   Nem fodendo.

PAI
 Tá com vergonha de mim? Abaixa essa calça. Põe esse peru pra fora, anda.

(FILHO *acaba abrindo o zíper, relutante, de costas para a plateia.* PAI *ajoelha-se na frente dele.*)

FILHO
 Pronto?

PAI
 Rá. Olha só quem tá aqui.

FILHO
 Vai ficar zoando, caralho?

PAI
 Eu não sabia que ela ainda tava por aí.

FILHO
 Ela quem?

PAI
 (para o pênis do FILHO*)* O pai envelheceu e agora cê tá atacando o filho, né, sua danadinha?

FILHO
 Com quem cê tá falando, tá maluco?

PAI
 É só uma gonorreia.

FILHO
    E como cê sabe?

PAI
    Onde foi que cê achou ela?

FILHO
    Santos, eu acho. Fim de semana passado. No porto…

(FILHO *ergue a calça.* PAI *encosta a cabeça no chão e começa a chorar, soluçando em silêncio.* FILHO *vira-lhe o rosto e, após alguns instantes, ergue o pé, lentamente, conforme vai frisando o rosto, mantendo-o no ar como se fosse pisar com toda a força na cabeça do* PAI. *Por fim, desiste e se afasta.* PAI *levanta-se, recompondo-se.*)

PAI
    Depois vai lá na farmácia e pede pro japonês, o Sato, te aplicar uma benzetacil. Antes que esse seu pinto aí só sirva pra ser fotografado pra livros de Ciências e Saúde. Fala que depois eu passo lá pra acertar.

FILHO
    E adianta?

PAI
    No meu tempo adiantava. E vê se da próxima vez encapa essa porra, né…

FILHO
    A Cida fotografa os machucados dela.

PAI
Quê?

FILHO
Da mãe. Os que cê faz… É, elas tão caprichando num dossiê contra você. Ricamente ilustrado. A essa hora já deve tá na mão de algum delegado.

PAI
Ela disse isso?

FILHO
(sorrindo) É… Ela vai te destruir, não era isso que cê queria?

(PAI *o encara por um tempo, sério. Por fim, sorri levemente. Aos poucos,* FILHO *se sente incomodado por ser observado.)*

FILHO
Que que foi?

PAI
Nada…

FILHO
Eu vou lá, então.

PAI
Aonde?

FILHO
   Na farmácia.

PAI
   Não ia mijar?

FILHO
   Arde tanto que eu vou segurar o quanto eu puder.

(FILHO *segue em direção à saída.*)

PAI
   Ei. (FILHO *para.*) Quer que eu vá com você?

(FILHO *balança os ombros, tipo "tanto faz". Blackout. Fim.*)

Puma

Escrita em 2021

(Quarto de solteiro em uma casa no subúrbio de São Paulo, manhã. Ele entra. Veste um pijama de algodão composto por calça, que está manchada de urina na região da braguilha, e camisa de botão, aberta. Está segurando um tijolo [há pedaços de um segundo tijolo pelo chão, que parece ter se espatifado, num lugar específico]. Ele começa a dar o texto para o porta-retrato de sua ex-mulher, coloca o tijolo ao lado de uma poltrona e se senta. Depois de um tempo, já não falará mais ao porta-retrato – passará a agir como se ora falasse consigo mesmo, ora ensaiasse falar a alguém futuramente, repassando acontecimentos, a seu modo, diante de uma audiência imaginária, como busca calor e atenção gente solitária.)

Nem hora do almoço e já devem ter nascido o quê? Uns cento e vinte Charles Bukowskis... nem um Kafka... E amanhã? Hoje ele me empurrou, amanhã ele... Viu só como ele arregalou os olhos? Cortinas abertas, a sala inundada de luz. Não vem dizer que não viu, porque você viu, sim. Eu sei que você viu... Eu só acordei ele pra falar que não precisava mais. Pra avisar que eu mesmo... Eu tava indo até o quarto do meu pai, por que caí na besteira de parar no dele antes?... Agora não dá mais *(apontando o tijolo quebrado)*, o outro quebrou. Ele quebrou... Mas tudo bem, vai. Tudo bem. Depois eu arranjo mais um.

(Remeda o filho.)

"Já não basta as pedras que eu tenho de carregar todo dia?" Vontade de dar um... Quem ele pensa que é? Sísifo? Agora eu sou uma pedra pra ele? *(Para si.)* Pra quem que eu tô perguntando... Aposto que ele tá dormindo de novo. Como se nada tivesse acontecido, como se nada tivesse acontecendo. Mas eu sei que não é só por isso que ele tá puto. A bronca dele comigo é outra. Pra me ajudar com o avô dele ele não presta. Mas pra ficar no bar até amanhecer e trancado no quarto até anoitecer de novo e chegar a hora de voltar pro bar, opa... Sabe cheiro de quartinho de bicho? Algum marsupial, quando você resolve criar dentro casa. Então... Poesia... só me faltava essa... puta que pariu. Falta de ambição, por que não prosa? Começa na crônica e vai: conto, novela, romance. Se bem que... "Quer acabar como o seu avô?" Já cansei de falar isso pra ele. Uma vida inteira dedicada à literatura a troco de quê? Tanto esforço e entrega pra terminar jogado numa cama, fodido e sem dinheiro nem pra mais popular das farmácias? Dedicação não, né, teimosia, verdade seja dita *(diminui o tom, apontando para o quarto do pai)*, sempre foi várzea.

(Pausa. Retoma o tom.)

Outro dia, ele veio me mostrar *(com humildade caricata)* "uma poesia que eu fiz". Não sabe nem a diferença entre um poema e a poesia, o gênero, e quer... "A poesia e eu já fomos apresentados um dia", eu disse a ele, "logo, você não precisa me mostrar nada, não." Assim até eu. A casa em chamas, eu faço o quê? Poemas? Aposto que você deve tá achando lindo, né. Cheia de orgulho do filhinho aspirante a poeta. Se, pelo menos, ele tivesse trabalhando e ajudando nas despesas aqui em casa, vá lá. Nunca sequer rachou uma conta, um supermercado, esfihas. Sabe como ele retratou o avô? Digo no tal poema, chuta. Como se o meu pai tivesse morrido. Tá feliz? Se bobear, ele tava até torcendo pro avô nem voltar mais do hospital: de lá direto pro cemitério. Até porque, morando com um velho – um não, dois; um deles acamado –, alguma tarefa, direta ou indiretamente, ia acabar respingando nele, né, como de fato aconteceu... O que não entra na minha cabeça mesmo foi ele ter publicado aquela merda. Único poeta no mundo que desconhece o efeito neonatal das gavetas, nunca vi. Eu imprimi. *(Investiga os bolsos.)* Quer ver? *(Tira uma folha de sulfite dobrada, desdobra e a lê.)* A nova poesia brasileira – olha, usou "poesia" pra se referir ao gênero, e não a um texto em versos. Finalmente... Hum, agora entendi: "a nova poesia brasileira" é o nome de um site. Tipo Paris Review... Quanta pretensão... Meu pai que nem sonhe com uma coisa dessas. *(Joga a folha para o lado.)* Ele mais um bando de pudins fazendo pose de safari nas fotos dos créditos. Hoje é mesmo pela pose que se avaliam estátuas; traduzindo: cada época tem o Rimbaud que merece.

Mal saíram das fraldas, bochechas ainda rosadas feito o couro dos porcos, mas tudo lá: cigarrinho na boca e copinho de cerveja na mão: a foto oficial do escritor folião. Crentes que, pra ser um poeta de verdade, antes mesmo de colar a bunda na cadeira e se lançar num verso realmente febril, é preciso ser rebelde. E nesse ponto, vá lá, até que eles não tão errados. Mas o que é rebeldia pra esses garotos? Hein? Descer escadas escorregando pelo corrimão?... Nenhum andarilho com pinta de puto. Nenhum. Nenhum Zé Pelintra chutador de tampinhas, nada. Requisitos que, pelo menos na minha época, eram indispensáveis a um jovem poeta de verdade. Não a um grande poeta, não me entenda mal. Digo a um poeta de verdade, porque pra ser grande, antes é preciso ser genuíno. Eis o gargalo.

Quando é que seu filho vai crescer de uma vez por todas, hein? A ponto de conseguir entender que um poema continua sendo só um poema, como uma foice, uma foice, e um martelo, um martelo. E que se a poesia não mudou porra nenhuma até aqui, não vai ser agora... Ou o muro alemão foi derrubado com livros?... Ei, isso foi uma... Errou, a resposta é "sim". *(Ri.)* Só que, na cabeça desses garotos, provavelmente dando pancadas com a lombada até que o concreto desabasse.

(Ri um pouco mais. Em seguida, se recompõe. Pausa.)

Já que não é pra mudar nada mesmo... por que essa insistência tola em entrar em campo com a bainha da própria obra enlameada?... Hein? Ao cantar toda essa gente que não tem a menor... classe. Eu não entendo. Tanta gente anônima e incrível por aí. Mas não... e dá-lhe poemas contra chefes de nação. Que, por sua vez, vão muito bem, obrigado, reunidos ao redor de uma mesa bem encerada – madeira arrancada ilegalmente ali do norte do país –, planejando que tipos de sanções vão aplicar a quem se recusou a entregar o segredo do cofre. Ou brincando de atirar bombas em pontos fronteiriços do mar. Com o chefe do país vizinho assistindo a tudo da outra borda e murmurando sequenciais "Ah, é, é?" Enquanto escreve uma cartinha vitimizada à ONU, own, ou balança um shake sabor "novo vírus letal". Vai encarar, neném? Não. Claro que não vai... Adoram travar batalhas imaginárias contra reis e demônios suspensos – o link mais óbvio pra ocultar um tipo específico e mais acessível de luta e resistência: a sentada. A vontade que eu tenho é de *(levanta-se, ameaça ir para a sala, mas hesita)* pegar um Benjamin, um Camus ou um Celan lá na estante e dar na cabeça desses idiotas – cujo único *esforço* que fazem na vida é quando correm pra ultrapassar velhinhas, assim que um trem de metrô abre suas portas, pra garantir um assento, ou quando apertam uma caneca de chocolate quente, de um modo feminino e televisivo, com as duas mãos, em vez de usar a asa *(dando pancadas no encosto da poltrona)* –, dar na cabeça deles até que eles entendam de uma vez por todas que um poema político não se faz com um amontoado de indignações de um caralho de ficha de condomínio. *(Para de bater. Volta a se sentar, mais calmo. Pausa curta.)* Um poema político se faz com… uma ida a Bertioga… pra apreciar o mar… com tamanha força e entrega a ponto de… a ponto de conseguir ver o corpo de Josef Mengele… boiando.

(Pausa característica de troca de assunto, mas ele ainda insiste no tema.)

Erguem um poema mais rápido do que se ergue um edifício. Quando devia ser o contrário. Porque, hoje em dia, há uma maldita pressa em publicar, publicar, publicar. Urgência que nada mais é do que medo. Não de deixar de existir, mas de *se* deixar inexistir. De repente, puft. Ah, se eles soubessem… Se eles soubessem que a graça tá exatamente nisso, no processo de ir, aos poucos, se tornando invisível… Mas o que esperar de uma geração que tem como inspiração, como motor, o elogio mútuo, em vez do desafio íntimo? E, pra piorar, numa época de bosta, essa nossa, em que curadores é que são faróis. Curadores, não mais os desbravadores. Olha, se eu fosse o curador de um desses blogs que esses jovens poetas costumam chamar de revista eletrônica de poesia, pra ficar mais pomposo, eu recusaria, logo de cara, qualquer poema político, de amor ou que carregasse a palavra "você", só de sacanagem. Assim, já daria a descarga em 90% dessa juventude que encafifou que poesia é sentimento. Gentinha que só faz reproduzir páginas e mais páginas de confessionalismo barato e saudosismo uterino pra satisfazer o paladar manco de cafetinas literárias adolescentes de todas as idades. *(Encarando o porta-retrato de perto.)* Quer confete? Não aqui. *(Pausa curta. Senta-se novamente.)* Bando de jecas, isso é o que eles são. Mas sem viola nem lua. Jecas cujos versos não servem nem pra estampar panos de prato.

(Pausa característica de troca de assunto, mas ele ainda insiste no tema.)

Em vez de gastarem energia se aperfeiçoando, e peitando a vida, e estudando, e meditando, até que a matéria-prima se acumule e exploda, purulenta, pra que o enigma se torne massa moldável, e a mágica, arriscada – até porque sem risco, gato, não há obra de arte –, que nada: são traídos pelo monstro da insaciável sede de avaliação. Tudo o que eles querem são menções de quem interessa, alguém importante, em jornais, revistas, redes sociais; aliás, o grande inimigo dessa geração incapaz de se concentrar em algo de fôlego, as redes sociais. Escrevem escancaradamente pelo biscoito canino da fama, não pelo ato da escrita. Não amam a feitura, nem a feiura, da coisa, amam nada... Ou precisa ser um especialista pra perceber que poemas estão ficando cada vez mais curtos? Hein? A cada ano mais curtos. E isso não tem nada a ver com o estilo oriental... Mal sabem eles que podiam facilitar as coisas pra todo mundo, inclusive pra mim, e pegar um atalho. Ainda mais nesses tempos em que só o que você precisa fazer pra se tornar célebre é garantir o primeiro lugar na fila pra adquirir um novo modelo de iPhone.

(Pausa característica de troca de assunto, mas ele ainda insiste no tema.)

Vivem de sonhar, coitadinhos, como donzelas ignorantes, com uma espécie de juízo final. O dia em que finalmente os fracos serão exaltados e promovidos a "escolhidos da estação". Pra antologia A ou B, pra feira X ou Y, pro prêmio Z. E quando digo "escolhidos", não quero reduzir o termo a "convidados", mas ampliar: os que foram escolhidos pela classe, seja por qualidade discutível ou fácil manuseio. Os escolhidos que darão o ar da graça pra revelar, como de uma janela do Vaticano ao mundo, o segredo do café da manhã dos campeões... Não fazem outra coisa que não sonhar com esse dia. O dia em que finalmente vão conseguir migrar da foto com cigarrinho na boca e cervejinha na mão pra foto usando um blazer de segunda mão. Com o punho sobrando sustentando o queixo, aquela barbichinha servindo de babador pra arroz, na quarta capa de um livro distribuído por uma grande editora nacional... Coitados, tão jovens e já cheios de planos... Porque eles acreditam que um jovem poeta só começa a adquirir certa relevância depois de publicado por uma grande editora. Eles realmente acreditam nisso. Quando são as pequenas, e quase clandestinas, as únicas editoras que têm colhões, hoje, de apostar, e sempre pra perder, nos poetas interessantes que tão, entre aspas, surgindo por aí... Se é que tão surgido mesmo, porque, vou te falar um negócio, não há nada, absolutamente nada mais charmoso e encantador do que um poeta com poucas ocorrências no Google. *(Ruído de alguém caindo vindo do quarto do pai.)* Pai?... Pai? *(Sai em direção ao quarto. Blecaute. Voz dele continua; a partir daqui, gravada.)* Tá tudo bem? Pai, tá tudo bem aí? Pai? *(Luz se acende e o vemos de volta à pol-*

trona, exatamente como antes de se levantar. *Chega a debochar dos seus próprios gritos, meneando a cabeça.)* PAI? PAI, FALA ALGUMA COISA, PAI! FALA COMIGO!

(Pausa. Em seguida, continua, após um suspiro profundo.)

Eu sempre quis identificar o ponto, se é que ele realmente existe, em que o amanhecer pudesse ser confundido com o anoitecer. E vice-versa... Momento e duração exatos de um tom específico de lilás sombreado, que alguém que tivesse perdido a noção do tempo, como eu perdi, já não fosse capaz de afirmar se o que estaria por vir seriam luzes ou trevas... Nada de destemor. Nada de valentia. Só exposição mesmo... Valentia, OK, vá lá, mas só no nome. No máximo, no nome. Um desses nomes imponentes, beligerantes, que a gente costuma dar a uma moeda ou ver escrito na lateral dos barcos... Nada além disso... Quer dizer, e uma lua ausente. Pra que a real beleza de um rosto pudesse ser apreciada como se deve: à luz do fogo... Exatamente como quando eu te vi pela primeira vez, lembra?... E eu me apaixonei. Me apaixonei perdidamente... Aquela malícia específica de outdoor de motel que você carregava no olhar... Depois, o nosso convite de casamento confeccionado pela mesma calígrafa da Atina Onassis... Sabia que, por mais que eu tente, até hoje eu nunca consegui montar, com precisão, uma sequência convincente dos sentidos que vão desaparecendo com o tempo, depois que a gente perde alguém que amava muito... Visão, olfato, audi... audição, visão, tato, vi... Olfato, o perfume do hálito dormido ou do couro cabeludo, o azedo da nuca ou do cóccix. Eu acho que não mereci a sacanagem que você fez comigo... É, eu... Você realmente acha certo ter me abandonado daquele jeito? Hein?

Deixando no meu lombo um bebê que ainda nem tinha saído das fraldas? Quer dizer, não saiu até hoje… "Você precisa trabalhar, meu filho. Em vez de ficar brincando de ser escritor, você precisa arrumar um emprego. Eu não tô te pedindo nada tão constrangedor quanto ir pra uma universidade federal e sair de lá escrevendo sonetos, acreditando saber do que carecem os oprimidos do país – justamente depois de ter desaprendido, e na própria universidade, a falar a nossa língua, a língua dos operários, dos pobres, a língua da *nossa* classe. Tão tratada feito lixo pela polícia que, em vez de nos proteger, nos bate na cara; tão ignorada pelos médicos, que numa consulta mal nos olham na cara…" Não vou ser injusto, vai. Nem todos os médicos são intragáveis assim… só os do sexo masculino.

(Pausa.)

"Olha, quando eu digo que eu não quero que você desperdice suas noites nos bares, não é porque sou contra você se reunir com outros escritores iniciantes pra beber e falar de literatura até amanhecer. É porque esse é o naco mais precioso da sua vida, sabe… a sua juventude… E ela dura tão pouco… Brilha intensamente dos 17 aos 29, no máximo, depois vai… E quando a gente se dá conta: as costas das mãos já toda cintilada de manchas feito casca de banana… Escuta, se você não agir na idade que tem hoje, vai ter de se submeter lá na frente, essa é que é a verdade. Quer ler? À vontade. Leia. Leia de tudo. Tudo o que puder. O que não falta aqui em casa é livro. Livros e mais livros pra desencorajar qualquer ser humano com o mínimo de juízo a não tentar ser mais do que um leitor. Agora, só não queira ser um deles, você não vai, sabe por quê? Porque literatura é ilusão. Mas não ilusão ilusão, como enriquecer fazendo comedidos aportes mensais numa caderneta de poupança. Digo uma ilusão herdada, no seu caso, no meu. Logo, uma maldição da qual se deve se livrar o quanto antes, com a mesma urgência que todo ser humano deveria se livrar da sua perversidade inerente, a que não é de bom tom admitir que se carrega, ou do cristianismo, irradiado que seja, pra não se tornar um adulto bunda mole e que tem a humildade alheia em alta conta… É preciso vigiar… meu filho… É preciso trabalhar duro agora pra ganhar o seu dinheirinho *(com enfado e deboche)* e ajudar nas despesas da casa, e se sustentar, e gastar com as garotas, e fazer planos de conhecer o mundo e blá, blá, blá."

(Pausa.)

Era isso que eu costumava ouvir do meu pai… Claro que eu queria ter sido um escritor como ele. Óbvio que sim. Como ele não, melhor do que ele. Mas eu não tive escolha, né. Tive que trabalhar cedo, dormir cedo, acordar cedo, pegar no pesado. Cedo… O que nada tem a ver com carregar, *todo amaldiçoado dia*, uma grande pedra. Pelo contrário, é ter sido condenado a conviver, estar à disposição de uma pedra bem minúscula, bem pequenininha, um grãozinho insignificante, só que *ano após ano*… E quer saber?… Quer?… Ele tava certo. Meu pai. Porque eu consegui. Hoje eu sou um homem bem-sucedido, eu consegui. E justamente por não ter me deixado levar por uma ilusão juvenil: eu não perdi tempo com isso. Nunca enviei manuscritos a jornais, revistas, editoras, nem ficava curtindo posts de cafetinas e cafetões literários nas redes sociais pra ser notado – aliás, nem que eu quisesse, na minha época não tinha isso… Eu nunca fui atrás dessas coisas. Por isso eu triunfei. Venci. Porque eu não dei a eles o que eles mais queriam. Pelo contrário, eu fui aonde nem Kafka teve coragem de ir… E hoje eu… hoje eu tô aqui… acordado ainda… Ele lá no quarto, dormindo… seu filho. Hora do almoço e ele lá. E eu ainda aqui. Não preguei os olhos a noite inteira. Ele lá na rua. A noite inteira na rua. Eu escutava uma sirene furando a madrugada, meu coração britava o peito e eu já corria pra janela… Já você… E você?… Hein? Você consegue? Dormir, você…? A verdade. Consegue?…

Você simplesmente sumiu. Sumiu. Mal expeliu um bebê do cockpit e já abandonou ele… Uma espécie de Medeia, cuja monstruosidade não tá no sebo da morte sob as unhas, mas no ato de ter tido a frieza de conseguir se lembrar de lavar as mãos antes da fuga… Como é que uma mãe deixa de ver o próprio filho crescer, se nada, absolutamente nada, a impede?… Sabe, às vezes eu fico pensando como foi pra você não ter podido rir, como eu ri, quando ele começou a falar as primeiras palavras. Nem das combinações engraçadas que vieram mais tarde, como quando ele quis dizer areia movediça e disse areia "malfeitiça". *(Sorrindo.)* Filho, diz pro pai o que você vai querer ser quando crescer. "Um albino, papai." *(Emocionado. Pausa curta.)* E não ter podido chorar também… Eu tô falando da escola, sim. É. Maldita escola. Quando ele foi feito de menininha por aquele grupo de garotos no banheiro do ginásio, depois da aula de Educação Física… E você, cadê? *(Pausa.)* Sabe o que o inspetor me disse? Que pode ter sido por causa de futebol, porque ele recebia a bola do goleiro e a devolvia pra ele imediatamente, em vez de avançar, confiante, pro campo adversário, tabelando com o time… Como se a culpa fosse dele, dá pra acreditar?… Até um bilboquê enfiaram no ânus dele, sabia? Não, né… Daí muda de escola, não adianta, resultado: um ano perdido. E que mancha, como frutas numa caixa, mais uns dois ou três anos diretamente, antes de ser cooptado pelo inconsciente num cerimonial sombrio... Sem falar numa casa lentamente sendo tragada pelo silêncio... Como um navio afundando à noite e não se sabe ao certo se ele tá sendo engolido pelo mar ou pela escuridão... Ele tinha só 11 anos, puta que pariu... Sabia que depois disso ele passou a ter problemas pra dormir? Você consegue dormir? Ainda não me respondeu... Ele vivia assustado. Toda noite pedia pra dormir no meu quarto. Eu tentava conversar com ele, mas ele não se abria... Até que, uma vez, eu dei umas gotinhas de calmante pra ele... Esperei que ele ficasse meio grogue, não apagar, só ao ponto de o entorno passar a soar meio onírico, sabe *(emocionado)*... depois eu tirei a cuequinha do Batman dele e tentei sugar do reto dele todo o veneno, todo o mal que aqueles merdinhas tinham injetado nele. *(Chora.)* Eu tava desesperado... Eu tava desesperado. *(Pausa. Quase recomposto.)* E você, sabe-se lá onde. Isso é injusto. Muito injusto. E se torna ainda mais injusto diante do fato de que eu sempre fui um homem bom pra você... Eu sempre tive um único telefone celular, sempre, um só, ao contrário de todo canalha. Nunca te desrespeitei. Nunca. Nem mesmo virtualmente. Nunca passei nem perto de ser aquele tiozão sem noção de Internet que, entre o compartilhamento de uma fake news e outra, aproveita pra dar uma passadinha no Instagram de alguma top model russa e, na caixa de comentários de uma foto de biquini, deixa um *(caricato, sotaque paulistano carregado)* "Ei, linda, anota o meu zap"... *(Para o porta-retrato.)* Eu tenho vergonha na cara, porra, me respeita. Eu sempre tive classe. No sexo, inclusive. Nunca fui chegado em grupal, acessórios nem escatologias envolvendo alimentos já processados pelo corpo... Na sua

gravidez, lembra? Eu nem queria mais transar... Já você, né... *(desviando os olhos do porta-retrato, acanhado)* chegou até a pedir pra me chupar enquanto amamentava... E você sabe que eu não tô me referindo ao período de produção de leite, e sim ao ato... Eu deixei? Hein? Eu cedi? Fala, pode falar. *(Pausa.)*
    Hoje dá pra ver que você já dava sinais de que ia me deixar... Eu é que não enxergava. Ou me negava a enxergar... Vai ver, não suportou o luto do nascimento, que talvez seja tão doloroso quanto o da... Quem é que pode saber? Digo como se a vida fosse gestação, entende, e o nascimento, o oposto... Mas tudo bem, olha, hoje eu sou capaz de entender. Eu entendo perfeitamente isso agora. Hoje, por exemplo, eu não suportaria nem mesmo olhar pra novela que publiquei na juventude, eu te entendo. *(Pausa.)* Mas foi só uma novela idiota, assinada com pseudônimo, editora pequena, algo como fazer sem fazer parte, entende? Não conta. Até porque eu me arrependi logo em seguida e taquei fogo em tudo, destruí tudo... Não sosseguei até destruir o último exemplar, a última prova. Anos e anos nessa. Em vez de descansar nos fins de semana, depois de trabalhar a semana toda, eu percorria as livrarias da cidade, e até os sebos do país, atrás de cada exemplar. Como naqueles filmes noir em que um homem pacato sai à caça de cada integrante da gangue que matou a mulher que ele amava... Enquanto isso, eu ia recusando convites pra entrevistas e todos os eventos literários que iam surgindo. Até pra aula de escrita criativa, que é um dos níveis mais baixos a que um escritor pode se sujeitar – perdendo apenas pra o que hoje chamam de mentoria –, até pra isso me chamaram. E eu recusei, claro, você já viu algum curso que forme um ator pornô?... Se você soubesse o tanto

de convites que eu recusei. *(Pausa curta. Ri.)* Eu cheguei a te contar do cineasta? Acho que eu já te contei essa história, não contei? Do videomaker russo que adorava o Brasil e falava português e pegou um avião só pra vir jantar comigo, pra falar sobre a adaptação pro cinema da minha novela... Mas eu só não te falei que tinha publicado porque não é importante, Cristo. Que insistência é essa agora?... Quer dizer, antes ele queria mesmo era dar pra mim, né. Foi eu aceitar o convite pra jantar, ele pegou um avião e... Tá bom, vai. Tá bom... Eu nunca te disse nada por vergonha... Que mulher ia querer ter do seu lado um escritor?... Muito se fala no que se deixa de fazer pra poder escrever, mas e de tudo que se faz pra poder escrever?... No dia e horário combinados, eu liguei pro restaurante e pedi pra que avisassem o russo que eu não ia poder comparecer... Indisposição tropical. *(Ri.)* Eu poderia ter ido longe, viu, se tivesse aceitado entrar no jogo. Mas não: eu faço qualquer coisa, bebê, mas não faço qualquer negócio. E, apesar de tudo de ruim que aconteceu com a gente, eu ainda penso em você... Sabia?... Pois é. Todas as manhãs. Reli-giosa-mente... Com doçura, se acabei de acordar... Ou com raiva, muita raiva, se tô indo dormir... depois de mais uma noite como todas as anteriores desde que fui abandonado... em busca ou à espera de sabe-se lá o quê... Porque você me pertence... sabia?... Mesmo distante, você ainda me pertence... Como me pertence tudo aquilo que eu não posso domar.

(Pausa curta.)

Bom, voltando à minha extinta novela, já que você é meio socrática em relação a esse assunto, com o tempo, eu também pude perceber que eu não tinha publicado contra o meu pai, como eu pensava, na época. Por rebeldia, pra contrariá-lo ou provar que eu podia, sim, estar entre aqueles que ele sempre manteve na estante. Eu publiquei *a favor* do meu pai. Em defesa dele... Pra ser mais específico, pra dar o troco na classe literária pela presepada que ela tinha armado pra ele. Vingança. Pura, mas não simples. Mais ou menos como a classe trabalhadora votando na direita assassina só pra dar o troco na esquerda omissa por ter se deixado representar por uma classe intelectual e artística abastada. Que adora fingir, como fazem os médicos, que anda muito preocupada com os menos favorecidos – o cenho sempre franzido por trás de óculos com armações espalhafatosas, uma biblioteca ao fundo. Mas que na verdade tá preocupada mesmo é com o próprio... cu. Quem foi mesmo que disse que ser contra o mal não torna alguém bom?... A esquerda tribal de hoje entende tanto de pobre quanto entende de Brasil um gringo que visita o país e volta pra casa crente de que o nosso maior problema como nação é acumular, em cestinhos de lixo de banheiro, papel higiênico sujo de merda... Se um dia você tiver morrendo afogada e um desses artistas ou intelectuais que se dizem de esquerda estiver passando por perto e te estender a mão, não se iluda: é pra ser beijada.

Meu pai não foi um escritor medíocre, não. Pelo contrário, ele foi um dos grandes. Meu pai era foda, se você quer saber... Antes da sacanagem que fizeram com ele, ele era uma espécie de unanimidade até – e não só entre colegas, mas entre crítica e público. Livros traduzidos, inclusive pro japonês, convites pra falar lá fora, prêmios, dos quais ele debochava... Até que um dia ele foi jogado pra escanteio, assim que resolveu deixar de distribuir tapinhas nas costas. A gota d'água foi quando ele se recusou a tecer os falsos elogios de sempre a um amigo cuja escrita não merecia; não lembro se numa resenha pra um jornal ou se numa orelha. Ou se ele chegou a escrever a tal resenha ou orelha, só que falando mal. Enfim, só sei que esse tal amigo – escritor festivo, logo muito bem relacionado – passou a perseguir meu pai. Uma perseguição que ultrapassou os seletos salões literários e foi parar sabe aonde? Na delegacia. Com mentiras que incluíam viagens do meu pai a Cuba, que nunca aconteceram, ligação com soviéticos e por aí vai. E tudo isso bem na época em que a vida aqui no Brasil era tão colorida e bucólica quanto a capa de uma revistinha de Testemunha de Jeová, em plena ditadura militar: Rota na rua, seleção brasileira em campo com aqueles micro shorts, cavalos marchando, a porra toda.

Meu pai foi ignorado, boicotado e, aos poucos, esquecido. Por ter se recusado a frequentar a antessala do meio literário: a politicagem... E foi aí que veio o clique – porque o clique sempre vem e, quando vem, vem mesmo: caudaloso, violento, nietzschiano... E ele passou a ver que a originalidade tá em andar sozinho... rumo à mais absoluta e maciça invisibilidade... Sem mais frequentar turmas, festinhas, eventos. Exatamente o contrário do que o neto dele, o seu filhinho querido, tem feito hoje. Aliás, eu te falei que ele vomitou o corredor inteiro outro dia, de madrugada, quando voltou da esbórnia? E bem no dia que meu pai tinha resolvido arriscar a se levantar da cama pela primeira vez depois da cirurgia, pra caminhar um pouco. E acabou escorregando na poça de bile e álcool. Preciso dizer que ele não se levantou mais?

(*Pausa.*)

Tem horas que eu fico lá no quarto assistindo ao sono dele... prostrado naquela cama. *(Alfineta, em tom de indireta, apontando para o tijolo espatifado no chão.)* Que ainda não foi calçada com tijolos, pra elevar a cabeceira, como o médico pediu, pra ajudar na circulação... Ele parece outra pessoa, sabe. A cirurgia no cérebro mudou até o jeito que ele me olha... É como se, a cada dia, ele tivesse me vendo pela primeira vez. Mas não como se ele não me conhecesse mais. Ele me reconhece, me chama pelo nome e tudo, não sou um estranho pra ele. É como se, sei lá... como se ele me conhecesse desde sempre, mas nunca tivesse me visto pessoalmente.

Ontem ele me pediu um panetone. A gente tá em maio, eu sei. Ele ficava apontando pro guarda-roupa e pedindo pra eu pegar um panetone pra ele lá dentro. Eu só fui entender quando abri todas as portas do móvel e pedi pra ele me apontar o tal panetone. Ele apontou pra um edredom, ele tava com frio. *(Pausa curta.)* O médico tinha me alertado que ele podia trocar o nome das coisas – um médico conversou comigo, acredita? E olhando nos meus olhos. *(Ri.)* É o fim dos tempos mesmo, como dizia a outra... O mais curioso é que o meu pai tem consciência disso, de que às vezes ele troca os nomes. Ele mesmo já me disse, só não consegue evitar... Mas o problema mesmo são os delírios. Dia desses, ele ficou furioso porque cismou que o António, um escritor português amigo dele, tinha vindo ao Brasil só pra visitá-lo, e que *eu* tinha impedido o António de entrar aqui em casa. Puta que pariu, ele queria me matar... Não, não, eu falei António. António Lobo Antunes, escritor. Ele é escritor, não um videomaker... Eu falei videomaker?...

Mas tudo poderia ter sido pior, viu... bem pior... Não gosto nem de imaginar se só tivesse ele e o neto dele aqui em casa, no dia. Ainda bem que eu agi rápido: saí correndo com ele nos braços e o joguei dentro do primeiro carro que passou na rua. Ele gemendo, dor de cabeça forte, náuseas... Até que, depois do diagnóstico, o médico não teve mais como não olhar pro meu pai: impressionante como um AVC se impõe... Eu só fui perceber que eu tava só de cueca quando me pediram pra assinar uns documentos que isentavam o hospital de qualquer problema que viesse a acontecer na cirurgia, que precisava ser feita o quanto antes... Vem cá, e se o meu pai tivesse morrido por um erro médico, como eu saberia?...

Enquanto ele tinha o crânio aberto por uma furadeira manuseada por um cirurgião todo de branco, exceto por uma touca parecida com essas de nadador, só que estampada com o Pernalonga, eu fui fumar um cigarro na calçada em frente ao hospital... Na primeira tragada já comecei a tossir. Tinha me esquecido que tava com um adesivo de nicotina colado na bunda. Eu ainda tava tentando parar... Daí eu reparei que tinha um homem fumando também, do outro lado da rua... Ele ficou me olhando. Eu tava tão desnorteado, tão perdido, que fui até ele, não sei por quê... Ele entrou num sobrado, eu o segui. Não trocamos uma única palavra. Parecia uma pensão o lugar. Um desses casarões caindo aos pedaços que as pessoas meio que invadem, sabe? E eu lá, seguindo um desconhecido. Como se a gente tivesse combinado de ele me levar ao encontro de um curandeiro. Ou do dono da boca... Lembro que a gente passou por um pequeno pátio a céu aberto. Um lugar meio napolitano, não no sentido de caótico, mas no de ser sujo e perfumado ao mesmo tempo, sabe. E cheio de roupas úmidas penduradas em varais frouxos. Roupas que eu ia atravessando com o rosto, sem ter o trabalho de abrir passagem com as mãos. Deixando a umidade refrescar a minha pele... Até que entramos num corredor que deu num quarto. Um quarto sem reboco, iluminado precariamente por uma luz direta e baça, um cheiro pesado de tempo... Foi ali que eu notei que aquele homem tava usando uma calça de capoeira, meio encardida até. Percebi também que ele tava... de pau duro... E ele ficou ali, me olhando sem dizer nada... Eu consigo me lembrar também da nuca dele... A nuca dele, você vai achar estranho isso, mas... ela parecia a nuca daquele ator americano, o Kevin Costner... Pra ser mais preciso, no filme O Guarda-costas... numa cena que ele e a Whitney Houston dançam abraçados. *(Apoia-se no encosto da poltrona como se tivesse recebendo sexo oral, meio a contragosto, mas sem oferecer resistência. Em seguida, entra pela janela a luz vermelha e oscilante de uma sirene, mas sem o ruído característico. Ele se contorce num gozo contido, depois fixa os olhos na janela, relaxado. Enquanto isso acontece, entra voz dele gravada dizendo o texto a seguir.)* "O que é mais importante: o cérebro ou o coração?... O cérebro sem o coração não seria nada, ele morreria: o coração parou de bater, acaba a oxigenação e o cérebro morre... Já o coração, sem o cérebro, seria só um músculo batendo de forma monótona, sem alteração de frequência, porque não receberia mais as emoções fornecidas pelo cérebro e... por isso, estaria fadado a morrer também... de tédio."

(Pausa. Ainda relaxado na poltrona)

Eu ando tão cansado, sabe... Muito cansado, muito, muito... Quer dizer, cansado não, doente. Doente. Doente mesmo, é só olhar pra mim, olha pra mim... E cada vez mais distante, numa combinação bifurcada de ócio e covardia, daquele estado de imantação mais apurado que exige um texto literário. Pra que se atinja um nível de escrita minimamente decente e autoral. E pra voltar a esse estado, esse estado de embate constante entre conhecimento e imaginação, e pra que a imaginação possa sempre vencer – do contrário, não há literatura que preste –, é tão difícil. Tão difícil... Ainda mais difícil do que se manter nele.

(Pausa. Recompõe-se. Prepara um copo de uísque, de uma garrafa escondida sob a poltrona.)

Há três tipos de pessoas nesse mundo, sabia? Só 3. As que nasceram pra fazer; as que nasceram para assistir passivamente às que fazem; e as que nasceram pra criticar a obra das que fizeram; sem incluir nesta última categoria a raça dos que se acham no direito de vomitar no bolo de aniversário alheio, é claro, porque não é de trapaça que a gente tá falando aqui... Os integrantes da minha família, nós, nós nascemos pra... fazer, pra criar... Nem é preciso deter o olhar em mim pra enxergar o preço que paga alguém que se rendeu ao ordinário, ao grosseiro, precisa?... E também somos os que criticam o feito de quem fez. Mas não criticamos uma festa porque não fomos convidados, como fazem os ressentidos, a gente faz isso porque não gosta de festas mesmo, simples assim. Porque, às vezes, as coisas são só o que são... Eu deixei de ser um criador pra ser um mero criativo... "Ah, mas é preciso ser humilde". Humilde o caralho. Humilde o caralho... Sempre desconfie de quem te pede pra ser humilde, humilde o caralho. Ou pra ser discreto, mesma merda, mesma patacoada cristã... Eu sou um artista brasileiro, porra. Não escrevo em inglês... Logo, se eu fosse agir de acordo com o que esperam de alguém na minha condição, com o meu "status", eu teria que o quê? Que me rastejar?... Daí você me diz "Por isso não se deve criticar o trabalho de colegas artistas, não vê o seu pai?"... A Madonna, por exemplo. O que a Madonna faz?... Ela canta, certo? Mas é uma péssima cantora. E mesmo assim ela faz sucesso. No mundo todo. Opa, tem alguma coisa errada aí. Baixo nível intelectual ou mau gosto dos fãs? Hum, OK, mas não é disso que eu tô falando, tô falando de destaque. Se ela é má cantora, por que deram, e ainda dão, destaque a ela? Porque ela é libertária e ajudou muita mulher a se empoderar? Ok, grande feito, mas isso continua a não fazer dela uma boa cantora, ora. Entende aonde eu quero chegar?... Se os cristãos de verdade tivessem se posicionado, lá atrás, contra todos esses charlatões que vivem esbravejando em nome deles por aí, principalmente contra as bichas e o povo do axé – e o mesmo devia acontecer nas artes –, pastores não teriam canais de TV, não viveriam em palácios, tampouco teriam invadido o parlamento... E talvez nem ouvíssemos falar da Madonna.

(Pausa.)

Ontem eu liguei pra ele, te falei?... Tá trabalhando. Parece que tomou jeito. Alugou até um quartinho... Motorista de aplicativo. Quem diria... Com o carro de um amigo, à noite. Sabia que ele transmite as viagens em tempo real pelo YouTube? Instalou uma câmera no painel e ganha dinheiro duas vezes: com as corridas *e* monetizando os vídeos; um verdadeiro empreendedor... Não passa mais nem perto do bar... Eu assisto às lives dele toda noite. Vejo até pegar no sono... Ah, o bilhete que ele deixou antes de ir embora *(tira o bilhete do bolso)*... pelo menos ele deixou um, né, à mãe que ele não puxou, quer ver? *(Lê.)* "Gosto desta sensação ao sair de casa:

não saber se vou levar um tiro na cara ou conhecer o amor da minha vida".

(Pausa.)

O que você queria que eu dissesse pra ele?... Hein? Como você queria que eu explicasse pra ele que a maior ofensa que um poeta pode receber é ter um poema seu chamado de *(com desdém)* lindo?... Um poema é um enigma. Que exige um grande esforço intelectual justamente pra não desvendá-lo. Já tentou lembrar da letra de uma música ouvindo outra?... Tudo o que um poema anseia é ser experienciado, como uma pintura, a música de verdade, a alta gastronomia. Já a poesia... a poesia tá mais pras paredes de pequenas galerias de arte do que pra um concerto nas ruínas da arena de Verona, como muitos acreditam por aí. Mais pra um naco de vegetação que ousa dar o ar da graça na ferida da calçada numa rua de uma grande metrópole – e isso, sim, é resistência, é rebeldia, é luta – do que pras paredes de pequenas galerias de arte... Um bom livro de poesia, pelo menos pra mim, é como uma apresentação de ginástica artística: 60% movimentos obrigatórios, graça; e 40% piruetas, experimentação... Escrever um bom poema é fácil... o difícil é escrever um poema *seu*. Eis o maior desafio de um poeta... ou de um escritor seja lá de que gênero for: não ser um escritor pros outros, tampouco pra si, mas *em* si...

Imagine dois irmãos. Dois irmãos numa moto, numa avenida vazia, madrugada. De repente, a moto se choca contra um carro que cruza um farol fechado, os dois são lançados na outra pista e ficam ali, caídos no asfalto, separados por alguns metros. O carro foge, você tá passando, na hora, corre pra socorrer e, ao notar que só um deles ainda tá vivo, agonizando feito uma democracia, pede pra que ele não se mexa, que permaneça imóvel até chegar a ambulância que você tá pedindo pelo celular. Então, o inevitável: ele te pergunta se o irmão dele tá bem. Porque ele não consegue vê-lo, da posição que tá. E aí, o que você…? Como é que eu ia explicar pra ele que, daqui a 50 anos – não, não, menos; bem menos –, que lá na frente ninguém iria mais se lembrar dele? Me diz… O escritor brasileiro é o único no mundo que fala sozinho. Um ser venal que, se não se rende em vida, dançando conforme a doce flauta do seu agente, fatalmente vai se render depois da morte. Com grandes editoras faturando livremente em seu nome, com o lançamento das suas obras reunidas *(caricato, como um vendedor fazendo um merchandising)* em dois volumes, capa dura, numa caixa com lindo projeto gráfico… E, pra dar aquela turbinada nas vendas, até sendo finalmente o escolhido, quem sabe – o juízo final, não é o que todo mundo espera? –, como o defunto homenageado do ano numa festa literária de uma dessas cidadezinhas históricas, com ruas que foram calçadas de pedras por escravos e não há nenhuma coincidência nisso… Agora, por que Uber? Me diz… E a vocação, pô?… Eu te digo o porquê. Porque uma grande editora só investe, no caso dos ainda vivos ou quase, num seleto grupelho de chegados cuja poesia, domesticada e digestiva, orbite o mais próximo daquilo que o leitor médio e preguiçoso reconheça como tal. Quando devia ser o contrário: o leitor se ajustar à poesia, porque se tem um esforço que um poema não faz, digo um poema de verdade, é pra soar digestivo. Tampouco aceita ser confeccionado deliberadamente pra ser compreendido… E em meio a tudo isso, a família do pobre defunto homenageado, que sempre o viu como um vagabundo, se digladia por direitos autorais… Já viu esse filme antes?

(Pausa. Tira um papel do bolso e lê.)

"meu avô me falando da tarde em que parou um touro
com uma Bíblia
sem que os chifres perfurassem a capa negra
e de um homem
no exército
que de tanto temer que descobrissem sua
homossexualidade
a cada manhã sua voz se tornava mais aguda

meu avô chorando de dor
ao tentar massagear o trecho da sua perna que havia ido
pro lixo
meu avô sorrindo ao lado de um par de muletas de
segunda mão
me apontando uma prótese de plástico
como se fosse um Westley Richards cano duplo

e depois havia as terríveis noites
até que sua mão
pastoral
pousava sobre minha cabeça
a um dialeto ventoso e de vogais nulas
por anos de alcoolismo

aos meus olhos fechados Deus sempre foi um índio
até ontem
quando sonhei que encontrava meu avô e dizia
você não devia estar aí parado na calçada
porque nós te enterramos

e sorrindo ele refutava não filho
foi exatamente o contrário"

(Frisa o rosto, como depois de ter presenciado algo impactante. Mas, desta vez, não joga o papel no chão, dobra-o e o guarda novamente, com cuidado. Pausa.)

"Eu só queria que você soubesse que tudo o que eu fiz foi pra te proteger"... Meu pai também me dizia isso, lá atrás. Essa era a justificativa preferida dele... E ele conseguiu de fato proteger o filho dele... Mas eu não, o meu. Meu, sim, meu filho, não seu, quem criou ele fui eu, sozinho... *(Decepcionado, a caminho do banheiro.)* Uber, porra... Uber... *(Ouve-se o barulho de jato de urina na água do vaso. Ao terminar, ele volta e senta-se na poltrona novamente.)* Eu ainda sinto o gosto do veneno na minha boca, sabia?... Claro que você não sabe. Você nem... *(Ouve-se mais um jato de urina. Depois, mais três jatos, curtos. Ele espera que cessem e continua.)* Quando eu fiz aquilo, quando eu... tentei sugar o veneno dele... na verdade, foi pra ver se... ele se opunha... É, eu queria um sinal de que o que tinha acontecido com ele não tinha sido... consentido... E, caso não, isso não tivesse transformado ele numa... O que você queria que eu fizesse? Hein? Que eu dissesse a um motoqueiro desconhecido caído no asfalto que o irmão dele tava morto? *(Sussurrando.)* Eu não podia deixar que ele visse o irmão dele até a ambulância chegar, eu não podia... *(Pausa curta. Já não sussurra.)* Você acha que quando ele passa as noites na rua, eu não fico com medo de que aconteça de novo? Apesar de ele ter se tornado um homem, eu ainda tenho medo. Muito medo de cada homem que entra naquele carro... Medo esse que só não é maior do que o medo de que ele termine não como o meu pai, mas... como eu... Uma pedra a ser carregada, dia após dia, ano após ano... Um cara que não consegue nem ter o controle da própria urina por causa da porra de uma próstata aumentada, dirá ter o controle do filho... do pai... da mulher...

Mas eu te entendo, sabia? Hoje eu te entendo... Eu sei que não é natural que uma esposa veja o marido, homem feito, apanhar do pai e não tomar uma atitude. Eu consigo entender isso... Mas não perdoar. Perdoar, nunca. Quartinho alugado, é? Tá bom. Quem procurou quem na Internet, você ou ele?... *(Em tom mais elevado, embriagado, olhando na direção do quarto do pai)* Aquele lá também tem culpa. Várzea... Aposto que ele calculou tudo. Se bobear, até forjou aquela queda no vômito. Só pra ficar sozinho comigo... Pra que voltássemos a ser só nós dois de novo, como antes. *(Pausa. Terno.)* Ele se levantou da cama de novo, eu te falei? É, ele... Foi só um ir embora que o outro, opa... Parece até que ele tá se recuperando mais rápido, voltou até a me ofender: *(remedando o pai.)* "Se quer escrever, escreva alguma coisa que preste, não essas merdas de roteiros pra vídeos corporativos. Seja homem e faça literatura de verdade". *(Ri. Pausa.)* Olha, eu sei que é difícil pra você, que não é mais da família, entender isso, mas ele me trata desse jeito, no fundo, só pra ter certeza de que eu o amo de verdade. Porque, se ele me maltrata e eu continuo aqui, naquela cabecinha maluca de Rei Lear dele lá, é porque eu o amo mesmo. E do jeito que ele é. Dá pra entender?...

Dizem que, uma vez, lá na Espanha, dois jovens leitores foram a um manicômio visitar um poeta chamado Leopoldo María Panero, o maior depois de Lorca. Sabe como ele recebeu os dois? Com um "Já vou avisando que cobro cinco euros pra tirar fotografia. Cinco euros cada uma". Os visitantes tentaram explicar que só tavam ali pra conversar um pouco com ele, porque admiravam muito a sua poesia. Daí o poeta ficou meio assim, olhou bem no fundo dos olhos de cada um dos dois visitantes, baixou um pouco a guarda e disse: "Bem, sendo assim, acho que vou cobrar cinco euros pelo pacote, por todas as fotos que vocês quiserem tirar, podem tirar quantas quiserem". A partir disso, a conversa passou a fluir melhor: "Com quem me trata bem", disse Panero, "eu sou bom; sou sádico, mas sou bom". Até que um dos visitantes perguntou: "Você não se sente sozinho aqui?"... O velho, então, deu um gole na Coca light que tava tomando, depois um trago no seu cigarro de tabaco barato, passou os olhos pelos limites do manicômio onde tinha passado boa parte da sua vida, a banhos frios e eletrochoques, e respondeu: "Tão sozinho que estou morrendo de vontade de urinar". *(Rindo, olhos cheios d'água.)* Essa foi a resposta dele. Urinar... Daí os dois visitantes se entreolharam, sem entender muito bem e, o mesmo que fez a primeira pergunta, fez uma segunda, a mais óbvia: "Por que você não vai mijar?"... *(Já não ri.)* "Porque eu tô com medo", disse o poeta... "medo de voltar *(para a plateia)* e vocês já não estarem mais aqui".

(Blecaute, Fim.)

Olhos azuis num retrato branco e preto

Escrita em 2008, em homenagem a Paul Newman

(Quarto de pensão no centro de São Paulo, tarde de outono. Sentado em uma cadeira, SENHOR *está olhando pela janela, melancólico.* RAPAZ *o observa, cauteloso, no outro extremo da sala, segurando uma sacola contendo uma garrafa de vinho. Após alguns instantes,* SENHOR *o encara com leve desdém, depois volta a olhar pela janela. Pausa curta.)*

RAPAZ
    Tava aberta.

SENHOR
    Vento de corredor: não tenho mais idade.

(Pausa curta.)

RAPAZ
    Nunca pensou em consertar?

SENHOR
    Trocar a porta? Colocar outra no lugar?

RAPAZ
    Podia tentar só a fechadura.

SENHOR
    Foi o que eu fiz. Amarrei um cadarço.

(Pausa curta.)

RAPAZ
    É legal aqui.

SENHOR
　　É uma pensão aqui. *(Grita à janela, levantando-se.)* Ei, suas putinhas, vocês bateram rápido demais. Eu vi. Eu vi tudo. Vocês trapacearam. *(Para* RAPAZ.*)* Você viu aquilo?

*(*RAPAZ *se aproxima e olha pela janela também.)*

RAPAZ
　　As crianças pulando corda?

SENHOR
　　A de vestidinho amarelo. A menor de todas. Quando é a vez dela pular, as maiores batem a corda rápido demais. Tá vendo? Tá vendo como elas tão tentando derrubar a mais fraca? Conseguiram. Puta que pariu, eu não disse pra você? Eu não disse que elas tavam de sacanagem com a menorzinha? *(*RAPAZ *o encara com estranheza. Pausa.* SENHOR *nota o seu estranhamento.)* O que que há com você?

RAPAZ
　　Comigo?

SENHOR
　　Lá na frente um cretino vai enfiar a cara dela num prato de sopa e sabe o que ela vai pensar? Que o problema tá na sopa. A coitadinha bateu a cabeça, porra.

RAPAZ
　　Crianças são cruéis mesmo. Todas elas. Vai saber se, nessa idade, não é praticando o mal o melhor jeito de se livrar dele… Quando eu era garoto, uma vez, coloquei um morteiro

aceso dentro do casco de uma tartaruga. Acho que foi o diabinho trabalhando enquanto o anjinho tava ocupado com a sua primeira harpa.

(Pausa curta.)

SENHOR
Ella Fitzgerald dizia que, pra não acabar com a própria vida, tinha que sair na rua todo dia e olhar pra uma criança. Todo santo ou amaldiçoado dia a mesma coisa… Isso pode até soar como uma espécie de salvação, mas eu te digo que é uma loteria, das mais perversas. Basta escolher o momento errado pro tal passeio. A hora do desenho animado, por exemplo, em vez da hora do intervalo.

(Pausa curta.)

RAPAZ
Cê conseguiu ler o texto?

SENHOR
Texto?

RAPAZ
É, se cê teve tempo.

SENHOR
Não vai me dizer que…? Então é você?

RAPAZ
Quem poderia ser?

SENHOR
Como é que eu podia saber? A gente só se falou por telefone.

RAPAZ
E se eu fosse um…? Quer dizer, cê deixa qualquer um entrar aqui?

SENHOR
Não vem ninguém aqui. Você tá de tênis?

RAPAZ
É, eu saí de casa com os pés dentro deles.

SENHOR
Deve ser por isso que eu não te ouvi chegar. Solados de espuma, né?

RAPAZ
Borracha… Quer dizer, eu acho.

SENHOR
Absorvem o impacto.

RAPAZ
Eu não te assustei, não, né?

SENHOR
Você me assustar?

RAPAZ
    Achei que cê tava rezando quando entrei.

SENHOR
    Não, eu não sou cristão: eu fui alfabetizado. *(Pausa curta.)* Sabe o que é, eu não queria ter que te dizer isso…

RAPAZ
    O quê? Pode falar.

SENHOR
    Ficaram ridículos em você.

RAPAZ
    Cê tá falando dos…

SENHOR
    Os tênis.

RAPAZ
    Cê acha mesmo?

SENHOR
    Na sua idade? Ah, claro que sim.

RAPAZ
    Porra. Será que eu tô tão mal assim?

SENHOR
    Um sujeito quando começa a perder a virilidade precisa demonstrar que tá voltando pra casa. Precisa se especializar na emissão de ruídos.

RAPAZ
Eu não tenho dormido muito ultimamente, vai ver que é isso. Também não tenho me barbeado...

SENHOR
Essa coisa aí na sua mão.

RAPAZ
Aqui? É um corte, mas foi raso.

SENHOR
Digo dentro da sacola. Não me parece café.

RAPAZ
É vinho.

SENHOR
Eu pensei que a gente tinha acertado café pelo telefone. Meu fígado, lembra?

RAPAZ
É que tava na promoção. E era uma amiga que tava anunciando no supermercado, acabei comprando. Quis dar uma força pra ela.

SENHOR
Entendo.

RAPAZ
Ela é atriz. Quer dizer, hoje ela tá anunciando as ofertas da semana num supermercado, mas ela disse que é por pouco

tempo… Ela parecia até uma vocalista de banda de rock com aquele microfone na mão? Só que, em vez de tá à frente dos músicos, tinha uma gôndola cheia de garrafas de vinho atrás dela… *(Tirando a garrafa da sacola.* SENHOR *o acompanha com os olhos.)* Deve ser chileno. *(Olhando o rótulo.)* Não, argentino. É argentino, mas fica frio, ela me garantiu que é bom. *(Pausa.)* Tá legal, eu já entendi. Eu não tinha nada que… Porra, será que cê nunca admirou alguém a ponto de querer beber junto só pra dar umas risadas, ouvir umas histórias?… Eu só pensei que… Enfim, esquece, eu não pensei nada. Eu não pensei porra nenhuma.

(Pausa curta.)

SENHOR
   Melhor deixar o vinho pra uma outra ocasião.

RAPAZ
   Cê que manda.

SENHOR
   É segunda-feira, não são nem quatro da tarde. E eu não tenho abridor aqui.

RAPAZ
   Não seja por isso.

*(*RAPAZ *tira um abridor do bolso, abre o vinho e dá um longo gole. Ele dará goles na garrafa durante toda a conversa.)*

SENHOR

(observando o RAPAZ, *como se quisesse fazê-lo parar)* Ei, o resto vai acabar avinagrando na geladeira... Depois só vai servir pra comida, escuta o que eu tô dizendo...

RAPAZ

(após limpar a boca com as costas da mão) Quer saber? Foda-se. É, foda-se esse vinho, que, aliás, foi caro pra caralho. Você devia aprender a reconhecer o valor de um gesto como esse, sabia? E foda-se você também.

SENHOR

O que que há com você?

RAPAZ

Sempre foi o maior "bebe chuva" e agora fica aí pagando de sábio da montanha pra cima de mim... Sabia que eu sempre quis entender por que que todo ator fora de circulação descamba pro esoterismo?

SENHOR

Você não devia acreditar em tudo que ouve a meu respeito.

RAPAZ

Em que, por exemplo? Na parte do velho doidão? Que você planejou minuciosamente como uma viagem exótica. Com atrasos frequentes a ensaios e sets de gravação. Isso quando você aparecia, claro, com esse seu arzinho de quem acha que tá num beco parisiense indo comprar charutos.

SENHOR
 Isso não procede.

RAPAZ
 Ah, não? E quando você arrancou todas as cadeiras da primeira fila daquele teatro do interior, hein? E tudo por causa de uma espinha que tinha brotado na sua testa um dia antes da estreia?

SENHOR
 Também não procede.

(Aproxima-se de SENHOR, *num rompante, e grita próximo à orelha dele.)*

RAPAZ
 Escuta aqui, será que cê não vê que é burrice frear de uma vez quando a gente tá em alta velocidade? *(*SENHOR *o golpeia no rosto e se levanta, armando posição cômica de luta.* RAPAZ *se afasta, rindo, fazendo com a mão gesto afeminado que imita uma garra felina arranhando o ar.)* Agora sim. Esse é o velho doidão que eu conheço.

SENHOR
 O que você quer de mim? Hein, seu moleque?

RAPAZ
 Cê foi a melhor coisa que eu já vi em cena.

SENHOR

A última vez que eu pisei num palco você ainda nem tinha sido apresentado pro saco do seu pai. Tá pensando que é quem?

RAPAZ

A sua última chance.

SENHOR

Resposta errada. A minha última chance já desistiu de mim. Cansou quando viu que eu não retornava ligações.

RAPAZ

Quem-for-ho-mem-ba-te-a-qui. *(Oferecendo a palma da mão.* SENHOR *a golpeia, mas* RAPAZ *a desvia, rindo. Pausa.)* Lembra do que o Tarantino fez com o John Travolta?

SENHOR

Quem?

RAPAZ

Pulp Fiction. Tô falando daquela demonstração de como içar de uma só vez, e pelo dedo mindinho, alguém que tá chafurdado na merda.

SENHOR

O que você deve chamar de "chafurdado na merda", eu chamo de paz. *(Desarma posição de ataque.)* Que que há com você? Hein? Só porque ganhou um premiozinho com seu primeiro texto teatral pensa que pode entrar aqui, cheio de si, como se tivesse um mandado?

RAPAZ
   Quer um gole?

SENHOR
   Por que diabos você quer tanto que eu beba?

RAPAZ
   Porque essa sua história aí de doentes de fígado na mesma ala de cocainômanos em recuperação não me convence.

SENHOR
   Pensei que você tinha dito esoterismo.

RAPAZ
   Qual é, tanta gente por aí já teve problemas com pó. Você não é o único, não. Não dizem que o primeiro passo pra recuperação é admitir que tá fodido?

(Pausa.)

SENHOR
   Você deve ter sido aquele garotinho no canto do pátio do colégio, acertei? Digo, quando não tinha mais tartarugas pra explodir ou algo parecido. E você tinha que, finalmente, conviver com os outros. O que nada mais é do que lidar com você mesmo, só que publicamente... É, eu também fui assim. Sei bem como é. Eu também passei a minha vida inteira sendo mal interpretado... Todos esses anos vendo a minha timidez crônica ser confundida com arrogância ou coisa do gênero. Mas desde que fosse ruim, é claro. E ruim pra mim, dá pra entender? E quando era arrogância de fato, ninguém via que

não passava de uma espécie de defesa, um escudo depois de perder a arma. Como um cão atropelado que morde o rosto do sujeito que tá tentando tirar ele do asfalto, pra que não venha outro carro e termine o serviço... Rapaz, eu tô cansado pra burro, viu. E não é de hoje, não... E agora você me aparece aqui. Entra na minha casa sem fazer barulho...

RAPAZ
Posso usar um guizo da próxima vez.

SENHOR
...fica aí, parado. Me olhando. Sem eu saber. Como se tivesse espreitando uma ave.

RAPAZ
Quer que eu espere lá fora?

SENHOR
Não é disso que eu tô falando, VOCÊ SABE MUITO BEM... Eu só tô dizendo que todo mundo tem um tapete pra alimentar antes de receber visitas.

RAPAZ
Mas se cê quiser posso esperar lá fora, sem problema. Assim cê pode terminar de se masturbar pra garotinhas na janela ou sei lá o que que cê tava fazendo.

SENHOR
Nós dois sabemos que você não faria isso. *(Os dois se encaram. Pausa.)* Eu só queria ter jogado uma água no rosto, se é isso que você quer saber... Olha, se não fosse pelo seu tex-

to, eu ia poder jurar que você é só mais um desses sujeitinhos afrescalhados de teatro, sabia? Mais frescos do que pêssegos em época de pêssegos... Pensa que eu não sei por que você tá insistindo tanto pra eu beber?

RAPAZ
   Eu não tô insistindo.

SENHOR
   Admite, porra. Admite que você quer que eu fique no ponto de me fazer uma massagem, pensa que eu não sei? *(Segurando o pênis por cima da calça.)* Tá querendo é tocar a minha flauta aqui. *(Ri. Pausa. Segue, emocionando-se aos poucos.)* Não entendo o que um sujeito como você quer com um velho como eu. Um velho fodido, que tudo que conseguiu conquistar nesses anos todos foram hemorroidas... Vem cá, você já sentiu o cheiro do vapor que exala da boca de um velho à noite quando ele tá dormindo? Eu posso te garantir que não é nem um pouco agradável... Não queira se meter comigo, não, garoto. Se você não entende o significado da palavra prosperidade que tanto as pessoas escrevem em cartões natalinos – e eu acho que você não entende –, não vai ser ao lado de um velho como eu que você vai conseguir.

(RAPAZ solta a garrafa, segura SENHOR pela gola e o encara bem próximo.)

RAPAZ
   Escuta aqui, seu velho maldito. Seu velho cagão.

SENHOR
Vai me bater?

RAPAZ
Se fosse pra escolher entre ter você no palco ou na minha cama, eu ficaria com o palco, deu pra entender? *(RAPAZ o larga, empurrando-o. Pausa curta.)* Mas já que cê tocou no assunto... eu me masturbava vendo você na tevê quando eu era garoto. É, eu me acabava na punheta sempre que passava na tevê uma dessas pornochanchadas risíveis que cê fazia. Dessas que nem é preciso se esforçar pra ver o cameraman refletido no espelho do banheiro da locação... Satisfeito agora? E eu não tinha nem o trabalho de limpar o meu pau na cortina. Eu era só um garoto ainda. *(Pausa curta.)* Só me diz uma coisa... promete que vai ser sincero?... O que que cê viu agora... quando me olhou de perto?

SENHOR
Eu vi um homem. Jovem. Quando te olhei de perto agora, eu pude ver que você é jovem... e bonito.

(Pausa.)

RAPAZ
Antes de sair de casa pra vir pra cá, eu tava vendo na tevê uma reportagem sobre Paul Newman, ele morreu hoje... Paul Newman foi o melhor argumento que pervertidos como eu já tiveram, sabia? O melhor de todos os argumentos... A beleza dele era tamanha que deu à pederastia, que até então era vista como safadeza, um fundamento. Dá pra entender?

SENHOR
   Você tá bêbado.

RAPAZ
   É estranho saber que aqueles olhos de um azul que resistia até a fotografias em branco e preto, que eram capazes de fazer os mais desatentos decretarem a falência de suas almas, é estranho saber que a partir de agora eles pertencem a meros obituários… Cê não acha?… E eu não tô bêbado, não, eu só… eu só… acordei um pouco mais triste hoje.

(Pausa.)

SENHOR
   Eu acho melhor você procurar outro ator pro seu espetáculo.

RAPAZ
   Quê?

SENHOR
   É, eu não vou poder mais fazer.

RAPAZ
   Como não?

SENHOR
   Isso não interessa.

RAPAZ
   Vai fazer, sim.

SENHOR
  Rapaz, você não pode me obrigar.

RAPAZ
  Posso, sim. Cê vai fazer. Cê vai fazer essa porra.

SENHOR
  Eu tô indo embora. Eu vou embora de São Paulo.

(Pausa curta.)

RAPAZ
  Por quê?

SENHOR
  Talvez um emprego de caseiro em alguma chácara. Ficar em silêncio. Trabalhar com a terra até as minhas mãos ficarem hostis, esse tipo de coisa…

(Pausa curta.)

RAPAZ
  "Subitamente você descobre que vai passar sua vida inteira em desordem"… "Subitamente você descobre que vai passar sua vida inteira em desordem"… Conhece esse verso? É lindo, né? É de uma poeta canadense… Meu Deus, como eu queria ter escrito esse verso…

SENHOR
  Tem tempo ainda.

RAPAZ
　　Isso é tudo o que eu menos tenho… tempo.

SENHOR
　　Você é jovem.

(RAPAZ *ri. Pausa curta.*)

RAPAZ
　　Sabe a tartaruga que eu explodi quando era garoto?… Eu tinha bronquite… Foi a primeira vez que eu fiz mal a alguma coisa cuja única razão de estar ali era me salvar… De lá pra cá, eu só tenho feito isso… Quando eu olho pra trás, tudo o que eu vejo é uma gigantesca pilha de coletes salva-vidas, todos mastigados… E você ainda vem me falar na palavra prosperidade escrita em cartões natalinos. E você ainda vem me falar em juventude como sinônimo de tempo. *(Incisivo.)* Eu-não tenho-mais tempo.

(Pausa.)

SENHOR
　　Acho melhor você ir agora.

RAPAZ
　　Claro. (RAPAZ *ameaça sair, mas hesita.*) Só mais uma coisa… Eu comprei café, sim. Eu fiz exatamente como a gente acertou pelo telefone… Mas quando eu tava vindo pra cá dois caras tentaram me assaltar e eu acabei socando a cara de um deles com a embalagem a vácuo. Nem me dei conta de quando a embalagem estourou e eu já não tinha mais nada entre os

nós dos dedos e os dentes dele... Acho até que foi assim que eu me cortei...

SENHOR
Acho melhor você ir.

RAPAZ
Como é que é mesmo? Mais fresco do que pêssegos em época de...

SENHOR
(firme) Por favor.

(Pausa. RAPAZ *sai.* SENHOR *senta-se e volta à posição inicial, olhando pela janela. Luz cai. Fim.)*

Cara leitora, caro leitor

A **ABOIO** é um grupo editorial colaborativo.

Começamos em 2020 publicando literatura de forma digital, gratuita e acessível.

Até o momento, já passaram pelo nossos pastos mais de 400 autoras e autores, dos mais variados estilos e nacionalidades.

Para a gente, o canto é conjunto. É o aboiar que nos une e que serve de urdidura para todo nosso projeto editorial.

São as leitoras e os leitores engajados em ler narrativas ousadas que nos mantêm em atividade.

Nossa comunidade não só faz surgir livros como o que você acabou de ler, como também possibilita nos empenharmos em divulgar histórias únicas.

Portanto, te convidamos a fazer parte do nosso balaio!

Todas as apoiadoras e apoiadores das pré-vendas da **ABOIO**:

—— têm o nome impresso nos agradecimentos de todas as cópias do livro;
—— são convidadas a participarem do planejamento e da escolha das próximas publicações.

Fale com a gente pelo portal **aboio.com.br**, ou pelas redes sociais (**@aboioeditora**), seja para se tornar uma voz ativa na comunidade **ABOIO** ou somente para acompanhar nosso trabalho de perto!

Vem aboiar com a gente. Afinal: **o canto é conjunto.**

Apoiadoras e apoiadores

Não fossem as **82 pessoas** que apoiaram nossa pré-venda e assinaram nosso portal durante os meses de março e abril de 2023, este livro não teria sido o mesmo.

A elas, que acreditam no canto conjunto da **ABOIO**, estendemos os nossos agradecimentos.

Adriana de Lima Bandeira
Adriane Figueira
Alexandre Gil França
Alexandre Reinecke
Andreia Fernandes
    Soares Leite
Anna Carolina Rizzon
Caco Ishak
Caio Narezzi
Calebe Guerra
Camila do Nascimento Leite
Carolina Nogueira
Cecília Garcia
Cintia Brasileiro
Cleber da Silva Luz
Daniel Giotti
Daniel Guinezi
Daniel Leite
Danilo Brandao
David Orlando
    Acevedo Rojas
Denise Lucena Cavalcante
Diana Valéria Lucena Garcia
Douglas Sungku Kim
Edivaldo Ferreira Dos Santos
Erika Bechara
Frederico da Cruz
    Vieira de Souza
Gabriel Cruz Lima
Gael Rodrigues
Giovanna Reis
Giulia Morais de Oliveira
Giuliano
    Menicelli Lagonegro
Guilherme da Silva Braga
Gustavo Bechtold
Gustavo Brandão
Henrique Emanuel

Irineu Villanoeva Junior
Jaison Sampedro de Souza
João Luís Nogueira
Juliana Slatiner
Juliane Carolina Livramento
Jung Youn Lee
Karim Aïnouz
Laura Redfern Navarro
Lorenzo Cavalcante
Lucas Verzola
Luciano Cavalcante Filho
Luciano Dutra
Luis Felipe Abreu
Luísa Machado
Marcela Monteiro
Marcela Roldão
Marcelo Montenegro
Marco Bardelli
Marcos Vinícius Almeida
Maria Dulceilma
    Chaves de Lucena
Maria Paula Coelho
Marina Lourenço
Mateus Albino
Mateus Torres Penedo Naves
Maurício Bulcão
    Fernandes Filho
Mauro Paz
Milena Martins Moura
Natalia Zuccala
Natan Schäfer

Neila Ribeiro Franco
Otto Leopoldo Winck
Paulo Scott
Pedro Jansen
Pedro Torreão
Pietro Portugal
Renato Mazzini Vicente
Ricardo Gelli
Roberta Tostes Daniel
Rodrigo Barreto de Meneses
Rute Ferreira
Samantha Barbieri
Sandro Saraiva
Sérgio Porto
Thassio Gonçalves Ferreira
Valdir Marte
Victor Cruzeiro
Weslley Silva Ferreira
Yvonne Miller

Copyright © Aboio, 2023

Socos na Parede (e outras peças) © Sergio Mello, 2023

Grafia atualizada segundo o Acordo Ortográfico da Língua Portuguesa de 1990, que entrou em vigor no Brasil em 2009.

Os personagens e as situações desta obra são reais apenas no universo da ficção: não se referem a pessoas e fatos concretos, e não emitem opinião sobre eles.

Dados Internacionais de Catalogação na Publicação (CIP)
Eliane de Freitas Leite — Bibliotecária — CRB 8/8415

Mello, Sergio
  Socos na Parede - E outras peças /
Sergio Mello. -- São Paulo: Aboio, 2023.

  ISBN 978-65-998350-7-0

  1. Teatro brasileiro I. Título.

23-148120   CDD-B869.2

Índices para catálogo sistemático:
1. Teatro : Literatura brasileira

[2023]

Todos os direitos desta edição reservados à:
ABOIO
São Paulo — SP
(11) 91580-3133
www.aboio.com.br
instagram.com/aboioeditora/
facebook.com/aboioeditora/

Esta obra foi composta em Minion Pro Display.
O miolo está no papel Polén Natural 80g/m².
A tiragem desta edição foi de 300 exemplares.

[Primeira edição, abril de 2023]